昔話

yoshida ken'ichi
吉田健一

講談社文芸文庫

目次

昔話

I

過去にあったことは現在では完了しているから明確な形をしているというのは疑って見れば幾らでも疑えることである。これは過去と言っても或る期間以上がたってからのことを指しているようで例えばそれが史上に名を残す程の人間ならば死んでから五十年、百年とたつうちにそれがどういう人間だったかが動かせないものになるという意味に取れるが人間の場合も必ずしもそうとは限らない。寧ろ資料の増加と史眼を備えているものの輩出で時間がたつことは同じ人物の評価、解釈を幾度でも変えるということが起り得る筈で現に生前には名君と讃えられた君主がその死後にもう死んだからということでなしに暴君の典型と見られるに至って更に時間がたってから改めて名君であることが確認されるという種類のことは珍しくない。フランスのルイ十四世、英国のチャアルス二世がそうであり、これは多少怪しくても秦始皇もその中に入れることが出来るかと思える。これは君主でなかった人間に就ても勿論言えることでそこには流行も他の事物に対してと同様に働く。

併しその他の事物ということで気が付くのが建物や或は一つの町、或は自然の眺めが年月とともにそれそのものの形を表して、或は獲得してそれ以外のものでなくなるように人間や人間が与った出来事も時間が経過するうちに流行や歴史家の摸索、考証とは別にその性格を明かにして行って歴史家の探求もそれが有効である為にはこの時間の働きに添うのでなければならないとも見られるということである。これを誰かがそこにいたことが確実になると言ってもよくてそれはそこにいることでもあり、それで過去にあったことはという趣旨と話が逆になるのであるが現にいる人間と同様に風評や時代の好みがどうだろうとその誰かが紛れもなくそこにあることになる。又時間の経過で曾ていた人間が我々にとって疑えない形を取るのも現存する人間と時間を掛けて付き合うことでその人間がそれ以外のものであり得なくなるのと変ることはなくてただ昔の人間がその形を取るのは我々との個人的な付き合いを通してであるのにも増してその人間の後に経過した時間の働き、従ってその後代に属する人間との付き合いが絶え間なく続けられて来たことによってである。

それだけその形が明確であるかどうかは解らない。我々にとって一人の友達が一箇の歴史上の人物よりも不確かなものに感じられるだろうか。又我々に対するその呼び掛け方も同じであってその何れにも人間というものであることを認めるのが我々の心のうちに親密の情を生じる。併しどっちが先だろうと我々の友達とはまだ死に別れるということが残っているのに対して歴史上の人物の多くは死んでから久しくて過去の人物の完了とは或はこのことも指しているのかも知れない。その人間をどう考えるということとは別にその人間が自分で出来ることは凡て終っていてその上に死ぬというその為に人間がその一生を送るのだと言えることをしている。確かにその限りではその人間はその人間、或は要するに人間であることを完了していてそれが人間らしい人間であるならば、それは少しでも人間であることの味を知ったものならば兎に角死ぬことが自分にとっての一切の成就である。それが美しいことであるのが歴史上の人物に就て我々を打つのだろうか。

タメルランは大軍を率いて当時の支那の北京に向う途中で病気になると重臣達を集めて長男にもう一度会いたかったのだがそれは適わなかった。北京に向って進軍を続けるように。これが自分の代での最後の謁見だと言って死んだ。その言葉の調子から察すればタメルランにとって北京を攻略するまで生きていられなかったのが心残りだったとは思えない。現にその攻略に向う途中で自分だけが先に死ぬのである。その死で遠征が中止になることもタメルランが予見していなかったとは言えない。それまでに築いた版図が中央アジアからインド全土を蔽う広大なものだったということでなしにタメルランは死ぬに当ってその一生がそれでよかったのであって又そこで終るものであることを認めたのでそれまでの数十年と同様に今も遠征中の身であることにも自分の一生があることから進軍を続けるように指図したのである。それから先起ることは自分の死後のことになる。

併し死ぬことで人間の一生が成就するというのはその一生が一つの完結したものであるということでこの性格が曾ていた人間の誰からも離れなくてその線を簡潔にし、それで無駄なものを凡て洗い落された人間というものがそこにいるという印象を我々に与える。これは時間の経過で人間の如何が決定するその働き以上のものと思われて死んだ為に或る一人の人間がその人間であることはそれが我々以前の時代に生きていたその有様にも影響して簡潔に人間であることが一般に歴史上の人物の魅力をなしている。それは死んだからそうなったのだというのではない。或はその人間が生きている間にも及んで死ぬことで完結した人間はそれによって生きている間も完結していて我々はそういう人間がそこにいて行動するのを見る。或はただそこに生きているのを見る。凡て優れた歴史家が書く歴史の魅力の大半も、或はその魅力の真髄もそこにあってもし形式の上での比較に幾分でもの意味があるならばその点で歴史は小説と違った形式に属している。

鷗外が江戸後期に澀江《しぶえ》抽斎という人がいたことを知ったのは武鑑の蒐集によってだった。その武鑑というのがどういうものであるかに就ては澀江抽斎伝の初めに詳しい。鷗外が手に入れたその武鑑の多くに澀江氏蔵書の朱印が押してあることに始って鷗外が抽斎の全貌を明かにするに至るその探索には非凡なものがあるが抽斎伝の成立に当ってその鍵をなすものは鷗外がその頃はまだ百年とたっていなくても歴史の上では既に遠い昔に属している観があった江戸の一時期に自分と同じ好み、或は考えのものがいたことに興味を惹かれたことである。その蔵書の印から抽斎が現れた。又それは抽斎だけでなくてこれを中心に拡って行ってその時代の江戸がそこにあり、それが従って鷗外の抽斎伝にもある。それは既に終了した時代であるからその時代をなしていた人々もであってその生命も完結しているから完結した生命がそこで躍動する。それで例えば抽斎歿後第三年は文久元年であるというような何気ないとも言える記述が我々を打ってそこまで来ても我々はまだ江戸の世界にいる。

これからどうなるか解らないという煩しさがないことが歴史上の人物の姿をそれだけ鮮明にするのでそれは生きたその姿であり、それが昔あったことという観念はその人物に接することで消える。これが既にこの観念が如何に曖昧なものであるかを示していて昔あった、この時に生きていたというのは今は消滅し、その人間は死んだということであって生きていたというのは生きているか死んだかのどっちかでしかあり得ない。余り過去と現在の区別に縛られていては我々の時間の観念自体が狂って来ることになるのである。従って死ぬことで完結した生命はやはり生命であって所謂、未来に向って続けられる生命の煩しさがないだけ一層それそのものであるとともに更にここで一考に価するのはその過去の現在にあっても生命にはその煩しさがあったのであり、それが取り除かれた後でも厳密に言ってその生命に何の別状もないのであることに即して現に生きている我々の場合でもそうした煩しさは一時的なものであるのみならず死に向って刻々に取り除かれて行くということである。又そのことから解るのが我々が今と昔を比較するというようなことをする為に歴史に親むのでないということで根本の所では我々自身もやっている通りに無駄なく生きている人間の姿とその世界があることが我々にとって歴史を現在にしている。鷗外の抽斎伝と伊澤蘭軒伝の何れを取るかということが論じられることがあるが結局はこれは各自の好みに帰する他ないことに思われる。併し抽斎伝になくて蘭軒伝の圧巻をなしているものに蘭軒と蘭軒よりも年が三十も上だった菅茶山の交遊があってこれを読んでいると今は交通が便利でというような文明開化風の談義が単に愚劣に思われて来る。いつの世にも人間は二つの違った場所に同時にいることが出来ない。蘭軒は江戸定府で茶山は蘭軒が仕えたのと同じ福山侯の阿部家の領内である神辺《かんなべ》に塾を開き、そして又阿部家の儒官でもあったから何度かは江戸にも来てそれで蘭軒と親交を結ぶことになったのであるが江戸と備後の神辺では当時も互に会いに行くというのがそれ程簡単なことでなくて二人の付き合いも主に手紙のやり取りでなされた。仮に今日フランスのパリに住んでいる友達がいて東京からパリまで飛行機で二十時間足らずで行けるのであってもその飛行機の旅行が始終出来る訳ではなくて今日の我々もそのような場合に手紙に頼る他ない。又それが今日の東京と福山の間であってもどれ程の違いがあるだろうか。

併し友情がその為に更に厚くなるということもある。蘭軒が茶山を知って数年たった頃に新たに長崎奉行に任ぜられた曲淵《まがりぶち》和泉守の一行に従って長崎に下ったことがあった。その時のことも蘭軒伝に詳しく出ていてそれによれば一行が福山領に近づくと茶山が七日市まで蘭軒を出迎えてその宿舎で夜を徹して歓談し、翌日は蘭軒が朝のうちに神辺の黄葉夕陽村舎に茶山を訪ねて午後に至り、蘭軒が奉行の一行に大分遅れて尾道に着くと後から茶山が追って来て二人は又蘭軒の宿舎で徹夜している。茶山が江戸にいる時の二人の行き来も頻繁だったに違いない。その最後の東遊が終って品川まで送って来た蘭軒その他の友達に茶山は、

風軽軽。雨軽軽。雨歇風恬鳥乱鳴。此朝発武城。人含情。我含情。再会何年笑相迎。撫躬更自驚。

という詩を与えている。併しこの再会は遂に実現しなかった。

それから茶山が神辺で死ぬまで更に十数年間も続く蘭軒との交遊は全く手紙で行われた。或る年には茶山が歯が悪くなって豆腐ばかり食べていると報じている。又或る年は蘭軒に対する年賀の辞を代筆させた後で今度は自筆で、

尚々《なほ〳〵》私《わたくし》も追々《おひ〳〵》と老耄《らうまう》、手《て》もすこし宛《づつ》かなはぬやうになり候《そろ》故《ゆゑ》、本文代筆《ほんぶんだいひつ》に候《そろ》。真平《まつぴら》御免可被下候《ごめんくださるべくそろ》。吾兄《わがけい》も年《とし》よればかくなり候《そろ》を思召《おぼしめし》、とかく御保重専一《ごほぢゆうせんいつ》に候《そろ》。必々《かならず〳〵》耳《みゝ》をとめて御《おん》きき可被下候《くださるべくそろ》。

という書き出しで更に数十行続けている。年賀のことはすんだという安心が自分で筆を取り上げる気にさせたのだろうか。その数年前には年が改ってから三月になって茶山は蘭軒に宛てて、

今歳《こんさい》は歳始《さいし》の書《しょ》もいまだ差上不申哉《さしあげまうさずや》。老衰こゝに至《いた》り候《そろ》。御憐察可被下候《ごれんさつくださるべくそろ》。又御一笑《またごいつせう》可被下候《くださるべくそろ》。吾兄愈《わがけいいよ〳〵》御達者《ごたつしや》、合家御清祥《がふかごせいしやう》は時々《じゝ》承候《うけたまはりそろ》。拙家《せつか》も無事《ぶじ》に御座候《ござそろ》。御放《ごはう》念可被下候《ねんくださるべくそろ》。ことしの春《はる》も昔《むかし》の如《ごと》くに過候《すぎそろ》。かくて七十五にも相成候《あいなりそろ》。前路《ぜんろ》おもふべし。

と書いている。鷗外が主に茶山が蘭軒に宛てた手紙を引いて蘭軒の手紙を余り挙げていないのは一つには蘭軒が茶山に宛てた手紙を多く見ることが出来なかったからに違いないがそれよりも茶山の手紙の文章が格段に生きている為と思われてこれは蘭軒が医者で漢学者だったのに対して茶山が漢学者であるのみならず一流の詩人だったことからすれば当然であることになる。併しそれ故にその文章にも茶山と蘭軒を結んでいた友情がどういうものだったかが窺われてこの手紙があって蘭軒も生きている。或は蘭軒伝に生きている蘭軒の一部をなすものにこの茶山の手紙がある。

併し昔の人間が我々が生きているように生きているということに就てはそれが人間でな

ければならないという前提があってその手掛りが得られない時にはそれは廃墟、発掘品その他何だろうと学術上の研究の対象にはなってもその時代にも流れていた筈の時間が我々のものにならない。それで例えばペルウのインカ帝国、或はアズテックの頃のメキシコに就てどれだけの資料を提供されてもそこには我々のうちでも生きられるものが欠けていてインカ族が玉蜀黍《とうもろこし》の実の所を銀で作ってこれを包む皮を金で作ったとかメキシコの城塞が石を削ったのをただ継ぎ合せるだけで平面をなしていたとかいうことを知ってもその技術に驚くのに止ってそこに人間がいるのを見ない。或はこれは文字がない民族の致命的な欠陥なのだろうか。それで気が付くのが歴史の上では人間が人間である状態と人間であることに向いつつある状態の二つがあるということでまだ人間であることに余地を残している人間が死んだ場合にその人間が完結したと言えるかどうか判断の根拠になるものがない。

例えばフイツィンハがヨオロッパの中世紀に就て書いた本が優れているのはやはり人間が人間になりつつあった中世紀に人間を点出し、そのファン・アイク兄弟ならばファン・アイク兄弟がこの未開の社会で人間であり得たのが既にそこまで人間であることに向ってその一般の動きが来ていた為であることを示したことにある。フイツィンハが語る当時の風俗や制度には人間であることに馴れた我々の理解を越えるものがあってそのような時代に生きていたくない思いが切実になる。そしてそこにファン・アイク兄弟がいてヴィヨンがいる。その兄弟では弟に当るヤンが書いた絵の多くの隅に Johannes de eyck fuit hic と記してある。そこにいたというのは現にそこにいることであるのをヤン・ファン・アイクは知っていたのではないだろうか。そう考えなければその絵の線が繊細であり過ぎて又光に満ち過ぎている。その眼から見たならば中世紀も人間が住む場所だったに違いなくてそういう絵をこの画家は残している。

それ故にペルウのインカ族やメキシコのアズテック族のように我々に人間であることの手掛りを全く与えないものを別とすれば時代を遡って行って誰もが死者である世界の到る所に人間がいる。又それが死者の世界であることにも余りこだわる必要がなくて死ぬことがない人間というのが定義の上での矛盾ならば死んだ人間というのは再び人間であることを完了したものであり、まだそこに至っていないというのは現存する我々人間のせいではない。又歴史は我々が歴史に親むに連れて人間が既に死んでいることとまだ生きていることの違いが大して意味を持たないものであることを我々に教える。或はこの自明のことが自明である他なくなるので生死の別にこだわるのは今と思った瞬間が既にたって過去に変っているという素人考えの類に属することであり、そのような単純な頭でいては歴史も現在もない。又そうした反省をするまでもなくて歴史を満している既に死んだ人間の群はそれが現に生きている形で、或は現に生きていて我々に呼び掛ける。

我が国の歴史で豊臣秀吉と徳川家康の交渉は最も興味を惹くものの一つである。その例を逐一挙げて行けばそのまま当時の日本史になるがそのことを端的に示すものに秀吉が既に大阪城で病床にあってそこへ引き揚げと決って戻って来た朝鮮戦役の諸将が帰国の挨拶と見舞いを兼ねて伺候すると秀吉はその労を謝するとともに別間で盛大に宴を張らせた。所が後に関ケ原の戦いの一因になる言わば武断派と文治派の軋轢がその頃から烈しくなっていて朝鮮帰りの将達も宴の席上で二派に分れて言い募り、その罵声が秀吉の病室まで聞えて来てその喧騒に堪えなくて秀吉は苦しげに呻いた。家康がその時秀吉の枕許にあって見兼ねてそこを立ち、自分で宴会の席まで行って静かにするように列席者の反省を促してその際は将達も恐れ入って家康の言葉に従った。併しそれで両派の悪感情が消えた訳でなくて酒が廻るに連れて又口論になり、それも秀吉がいる所まで聞えて来て秀吉は又呻いた。

家康は出て行って宴の席の入り口に仁王立ちになり、その四方の木戸を締めて固めることを警護のものに命じてから自分と番《つが》えた言葉を諸将が破ったことはそのまま自分に対する侮辱である。そこにいるもの一人残らずと戦って切り死にしようと叫んで諸将を平謝りに謝らせた。又それからは静かになって秀吉は後になってそのことを知って徳川殿がそれ程までにと涙を流して喜んだ。これも今日風に解釈すれば家康の策略ということになるのだろうか。それだからこの頃の時代小説とかいうものは読むに価しないのである。家康と秀吉の交渉は一貫して誠実に即したものだったのでその理由は簡単であり、この二人のように傑出した人物が互に策略を弄した所で何の役にも立たないことを銘々が知っていたからである。家康が織田信雄と組んで秀吉に敵対した後に秀吉の求めに応じて上洛したのも秀吉が自分の母親を人質に送ることを申し出たからだった。それならば安心だと家康が思ったのでなくて家康は秀吉の誠意に動かされたのである。これに続いての京都での秀吉と家康の対面の模様は広く知られたものでここで繰り返すまでもない。

人間は誠実でなければ何程のこともなし得ない。秀吉の度量が大きかったことは一般に認められているようであるが誠実がなければ度量もないので誠実を知らないものが大腹中の人物がやることを真似してするのが小細工である。又家康は秀吉に対してでなくても一貫して誠実な人間だった。これはその生涯に思い余って何度も自害することを企てたことからも察せられて桶狭間の戦いで家康が一応は臣従する形を取っていた今川義元が討たれた時も本能寺の変の時も家康は先ず自害することを考えている。又その誠実が決定的に示されているのが三方ケ原の戦いで武田信玄はこの時に四万五千の甲斐勢を率いて足利将軍を威圧して天下に号令するのが目的で京都に向けて進発し、その途中で家康の居城だった浜松城に仕掛けて兵を損じることを避けてそこを素通りした。或はそうする積りだった。併しそれは家康にとって許せないことでそれはその誇りが許さなかったのであり、この誇りというのも誠実でなければ持つことが出来ないものである。河上徹太郎氏流に言えばそこに fierté、矜持と orgueil、驕慢の違いがあるということになるだろうか。

家康は信玄の甲斐勢と戦って勝ち目がないことを知っていた。それ故に信玄の後を追って三方ケ原に出ると一万の兵を単列の横隊に展開して自分はその中央にいて指揮を取った。信玄は初めは参河《みかわ》勢との接触を避ける積りでいたのだったが馬場美濃守が物見を出しての報告に参河殿の陣は表と思えば裏、裏と思えば表の一列でしかないとあるのを聞いて行進中の軍を魚鱗の陣に立て直して引き返して来た。当時既に海道一の弓取りの評判があった家康をこの機会に討ち取ることが出来ればという考えがあったに違いない。その結果は双方とも予想した通りで家康の方が惨敗し、それでも家康は討ち死にするのは免れて廻りのものに馬の轡《くつわ》を取られて城に戻ると門を大きく開いて両側に篝火を焚かせて敵を待ったことはこれもよく知られている。馬場美濃守はそこまで来て何か計略があるのを恐れてそのまま軍を引き揚げさせた。それまでの参河勢の戦い方にも感じ入っていて後に信玄に参河勢の死骸はどれも敵の方に向って倒れているのは俯せ、敵と反対の方に倒れているのは仰けで一人も敵に後を見せているのがない。これ程の軍勢を率いる家康との曾ての盟約を信玄が破らずにいたならば家康を味方に加えて遠い昔に九州まで攻め取っていただろうにと言っている。その参河人気質が家康にもあったと考えられないこともない。併し生れ付きのものは生れや育ちとは別箇に備わるもので家康もその優れた家臣達の中にあって一廻り大きく感じられる。

そういうことになるといつも持ち出されるのが大阪の冬、及び夏の陣のことであるが家康のことをそれに基いて老獪《ろうかい》であるとか掌を返すようにとかいう具合に評するのが明治になって新政府が出来てからのことであるのを忘れてはならない。それは倒幕が実現して成立したものでその情勢の下で徳川二百五十年の経世を正当に判断するものがいるのを期待することは難しかった。これは信長、秀吉、家康の三人のうちで家康だけがその老獪その他であることになっていることでも解る。その当時もただ必要だったのは国を治めること、政治を行うことだったので家康にとっても又その誠実に照してもなすべきことは明かだったのであり、この場合に秀頼が秀吉でなかったのはライヒシュタット公がナポレオン一世でなかったのと変ることはない。我々が明治以来聞かされ続けた種類のことよりも家康が常に浅野長政を相手に碁を打っていて長政の死後は二度と碁石を手にしなかったということの方が直接に我々の心に響くものがある。

それで一つ感じるのは歴史上のことに限って妙な正義派の心情になって判断するのが、そしてこれには戦後の日本で殊に著しくなった過去、或はアメリカ軍による占領までの時代を凡て暗いと見る傾向も入る訳であるがこれが歴史を現在の延長と考えていない証拠をなしているということである。併し歴史が現在の延長でなくて何だろうか。或は歴史を現在と見るのでなければ歴史はただの活字に変るので現在、或は寧ろこの場合は俗に今と呼ばれている間のことに就ては人並に人間とか人情とか複雑とかいうことを認めて少しでも昔のことになると苟《いやし》くもという種類の言葉が出て来そうな考え方をするのは歴史上のどの瞬間も現在であり、それが積み重なって現在に至っていることに対して当面のことに目を奪われていることによる。これには歴史が他人のことだという気持も働いているに違いない。それが歴史の否定なので歴史をなしているのが自分と同じ人間であってやはり刻々の現在を生きているのだということが感じられなければ歴史に就て語るのが無駄になる。

昔と言っても要するに所謂、過去のことであってそれが何十年前、或は何百年前でなければならないということはない。そこに一線を劃しているのは死んだ人間とまだ死ないない人間の違いだけであるから現存する人間が自分が経験したことから過去、或は歴史の中にいることにもなって回想録というものも我々にとって興味が尽きないものがある。その中で記憶に残るものの一つにジイドがワイルドに就て書いた短いのがあるが書いた当時まだ生きていたジイドに就ては別途に考えなければならない。この回想録で異様と言える程に我々を打つのがジイドが会ったワイルドという人間である。最初の時はワイルドがその名声の絶頂にあった頃で場所は北アフリカだった。ワイルドは富豪の生活をしていてそこの町に遊びに来た目的がアラビアの少年を漁ることだったのもその生活の閑雅を楽んでのことに見えた。そしてジイドもそういう場所に誘って或る少年が欲しいかと聞いてジイドが興奮の余りに返事も出来ないでいるのを見ると大笑する。このワイルドには王者の風格がある。又更にそれはワイルドの没落を意味するクインスベリイ侯に対する名誉毀損の訴訟の公判を控えてのことでもあった。

その辺の事情をジイドがただありのままに語るという形式で書いているのが極めて印象

的であって何故その訴訟のような危険を冒すのかとジイドが聞いてもワイルドがまともに返事しないということもジイドはそのことを伝えるだけで説明を試みていない。これはこの回想録には出ていないことであるがフランク・ハリスはロンドンのカフェ・ロオヤルの一室でワイルドに訴訟を取り下げて英国を一時離れるべきであることを力説してそれでもワイルドは承知せず、それが二人の別れになった。ジイドもワイルドが何かに追われているようだったとは書いている。シェイクスピアに、

There is a tide in the affairs of men,
Which, taken at the flood, leads on to fortune;

という句があるがワイルドの場合はその逆であって満潮に乗ったものが進んで凋落の道を選んでいる。その原因は何だったのか。

ワイルドが遂にその時期を得なかった人間だったということは言える。これは先ず優れた古典学者であってその一方で少くとも技術の上では凝った詩を作り、その後に詩よりも散文を書く方が遥かに難しいとペイタアに説かれて批評に転じ、その結果である *The Critic as Artist* という対話篇はワイルドを英国での近代文学の始祖と認める他なくする性質のものである。併しこの一篇は今日でも英国のみならず世界のどこの国でも重きをな

していない。ワイルドの生前はなお更のことであって生活上の必要からワイルドは一時は婦人雑誌の寄稿家だった。ワイルドが書いた二、三の小説も一種の奇書と見做されるに止った。それが劇作を試みるに至って俄かに人気を博したのでワイルドの芝居は今日でもよく上演されることが百科事典その他で指摘されている。確かにそれは当時の、或は又今日の観衆を喜ばせるのに充分な才気に満ちたものであってもそれは才気であってこれはその程度のことならば観衆、或は一般に世間の人間も付いて行けるということでもある。ワイルドは自分の天才を仕事の代りに生活に注ぎ込んだと言っている。もし天才という曖昧な言葉を一人の優れた人間の精神の全力という意味に取るならばワイルドがそれをその劇作に注ぎ込まなかったことは確かであって生活の方に就てもそれをしたと思えるかどうか疑しい。その才気に満ちた談話と洗練された趣味が目立つ生活振りが輝しいものだったことは事実のようであってもそれがワイルドの凡てだったとは言えない感じがする。

自分に課した目的の実現ではなかった劇作での成功がワイルドにそうした生活をすることを許した。併しその全力を傾けたと認められる批評上の仕事は今日に至るまで人の注意を惹かずにいてワイルドが自分の天才を生活に注ぎ込んだと言ったのは自分に応分の仕事をする余地がない世界でそれでもどれだけのことが出来るか験《ため》して見たという意味にも取れる。それは傍目には絢爛たるものだったのでもただ派手に暮すだけでワイルドに満足出来る訳がなかった。

Il vint trop tôt, il est reparti sans scandale;

というラフォルグの句がここで頭に浮ぶ。ワイルドの場合にそれが騒ぎを起さずにでなかったのは自分が思う通りにしながら満足出来ない生活を次には一気に破壊することを望んだ為とは考えられないだろうか。それ故にジイドがアフリカで会ったワイルドには落日の輝きがあったのでジイドの回想録の中でも殊にそこの所が記憶に残る。

男色が重罪であるというようなことは常識では考えられなくてこれは今日では既に英国の刑法からも外されている。併しそれが重罪だったことはワイルドに一つの破壊の手段を提供したとも見られるとともに自分の弁護を自ら引き受けたワイルドは公判廷で陪審員の喝采を博して勝訴出来ると考えていたかも知れない。その弁論は確かに秀抜なものだったらしくて後に英国の検事総長になったエドワアド・カアソンが根気よく反対尋問を続けなかったならば公判の結果がどうなったか解らないとも言える。併しそれはどうでもいいことであってワイルドは敗訴して有罪の宣告を受けた。ワイルドはクインスベリイ侯がワイルドを男色と公言したのに対して名誉毀損の訴訟を提起していたので敗訴すると同時に刑事問題になって有罪と決ったのである。ジイドはこの訴訟に直接には関係がなかったのでその回想録にもそのことは出て来ない。それでその後半は主に刑期を終えてフランスに渡ったワイルドの晩年を扱っている。

併しそれも今日では大体知られていることで詳しく触れることもない。それは次第に零落に向って行くワイルドの姿で最後にパリのカフェでジイドに会った時はその勘定をジイドが払った。併しその辺のことを扱っている部分でワイルドが自分のことを un homme que la vie a blessé と言う所が出て来る。これが日本語ならば人生が傷けたのでなくて人生に傷いたということになるのだろうが人生に挑戦したワイルドである時にその為に人生に傷けられたとする方が当っているかも知れない。兎に角これはワイルドがその生活にあって発した言葉の中でワイルドらしくもないという意味もあって痛切なものでジイドもその所を確かイタリックで書いていた。我々にとって日の出というのが普通のことである時に落日もあるのは当然である。併し人間にこのことがそのまま当て嵌る例はそう多くなくてその是非は兎も角としてそれに出会えば我々は打たれる。ナポレオンがアウステルリッツで大勝した時はフランスの近衛兵の軍帽に付けた金の鷲の印が朝日に輝いたのに対してワアテルロオの戦場から整然と去って行く近衛兵の軍帽の鷲は夕日の色に鈍く光っていた。

Ⅱ

死んだ人間とまだ死なない人間の違いはそれ程大きなものでない。少くともこういう意味ではでもし我々が聞かされる話に出て来る人間、或は我々が読む本や愛好する音楽の作者も我々の世界をなすものの中に入れるならばその世界は多分に死んだ人間で出来ていてその僅かな一部が我々とともに現に生きている人間である。又実際には我々はこの生死の違いを無視していて家康もサッフォもタレイランも我々にとっては現に生きていて我々の世界の一部をなす程の死者は凡て生きていると言える。その死というのが意味を持つのは我々自身が死ぬ時だけだろうか。これはハムレットでなくても全く望ましい終了に思える。併しこの死による完結が人間の生きた姿を決定的なものにもするので人間が死んで我々が流す涙はその生きた姿に打たれてであるかも知れない。それが過ぎれば人間は皆死ぬものであってその束の間とも言える命で生きて死がそうして生きたこと、従って生きていることを保証する。

このことを端的に示して我々が例えば所謂、歴史上の人物に就て考えていてこれはもう死んだ人間であるとは思わない。それが解り切ったことだからでなくてそのことが我々の頭に全く浮ばないので死がその人間がそこにいる具合をそれ以外のどのようなものでもないその具合にである他なくしているのはそれだけ確実にその人間がそうしてそこにいることを意味する。これは言葉というものを例に取っても解ることで一人の人間がその人間であるように言葉がその言葉である時にそれは完成したものであってそれ故に人間の精神に生き続ける。これは再び人間の死をその人間の完成と受け取ることであってその人間とともに生きた言葉も従って生きて陳渉の王侯将相寧有種乎もカイサルがルビコン河を渡るのに際しての alea jacta est もこの部類に属し、カイサルが暗殺された時に刺客の中にブルトゥスがいるのを認めてお前もかと言ったのがラテン語でなくてギリシャ語でだったことにカイサルの友情が込められている。カイサルはギリシャ語がラテン語よりも遥かに優しい国語であることを勿論知っていた。

併しラテン語に優しさがないとは言い切れない。クラウディウス帝の時にパイトゥス・カイキナが陰謀を企んだという廉《かど》でロオマに召喚されるとその妻のアルリアも同行して途中で短剣を抜いて自分を刺し、その短剣をパイトゥスに見せて non dolet, Paete と言ったのでパイトゥスもその短剣を取って自刃した。ラテン語に呼び掛けの格があるということだけでこの言葉の響は説明出来ない。又 non dolet、痛まないという言い方も文法通りのものでどのような意味にも受け取れるにも拘らずそれがパイトゥスの呼格と三語をなすことで殆どアルリアの風貌がそこに浮ぶ思いをする。尤もこのことを更に押し進めて行けば人間と言葉の関係ということから言葉というもの自体の問題に入らざるを得なくなるが言葉がそうした性格のものであることからしても曾ていて現に我々とともにいる人間をその言葉、又その人間のものとは限らない各種の言葉と別箇に扱うことは出来ない。その人間のことを我々に伝えるのも多くは言葉である。

それで言葉を用いることと普通以上に縁があった人間の生涯が人間の記憶に残り易いということもある。併しどのような人間の生涯も名句、名言ばかりで出来ていなくてそれとは別にその人間が用いた言葉もあれば又その生涯そのものもあることは考えて見るまでもない。英国の哲学者のヒュウムは駐仏大使に任命されたハアトフォオド卿の庇護もあってパリの英国大使館で代理大使を勤めまでしたがそういうこととは関係なしにその名声がパリを圧した感じでそれはまだヒュウムに会っていないことが解った或る貴婦人がフランスの宮廷の出入りを差し止められる程だった。これは文人というものが重んじられたその頃のことでヒュウムの理性論の一部が既に仏訳されてパリでも読まれていたということもあったに違いない。併し哲学に対する関心という種類のことがそのまま一般の人気に投じるというようなことが先ずないことを思えばヒュウムのパリでの評判は直接にその人物の魅力によるものと考えた方がよさそうである。ヒュウムは洒脱そのものであることが無骨であるのと一体をなしているという風な性格の持主だった。或る時パリのどこかのサロンで謎々遊戯をやることになり、ヒュウムに後宮で妻妾に取り巻かれた回教徒の君主の役が当るとヒュウムはその妻妾の役をする若い女達に囲まれて Eh bien, mesdemoiselles, vous voilà としか言えなかった。やあ、お嬢さん達ということにでもなるだろうか。それが大喝采を博したことは付け加えるまでもない。

ヒュウムの場合にこれは自分というものを完全に所有することから来ていると見られる。後にその種類の人気と流行の中心にいることに飽きてヒュウムはエディンバラに引退して平穏に暮し、それから何年かして当時の医学では正体不明の消化器系統の病気に掛って危篤に陥るとフランスにいる友達のブフレエル夫人に宛ててそのことを説明してから、

死が漸次に近づいて来るのを私は不安も哀惜の念もなく眺めています。私は愛情と尊敬の意を込めて貴方にお別れします。

と書いている。デッファン夫人はこの手紙をブフレエル夫人に見せて貰って感動し、その写しを作ることの許可を夫人から得ている。そしてこのヒュウムの生涯を通しても感じられるのが文人が重んじられて一つの力、或は兎に角中心をなしていることが極めて自然に受け入れられていた十八世紀のヨオロッパ、或は少くとも英国とフランスの社会というものでその為の自由、或は風通しのよさがそこにある。それは支那や江戸時代の日本だっ

たならば普通のことで別な言葉で言えばそれが文明である。

併し支那や日本のことが比較的に我々の身近にあるのに対して十八世紀のヨオロッパのことは我が国では殆ど知られていない。或は知られているのはヒュウムとかディドロとかの個別的な名前であってそれも大概はその名前に止り、そのヒュウムやディドロがその生涯を送って又送ることが出来た社会というものは無智からか無関心からか顧みられずにいる。勿論のこと人間を離れて社会というものはないのであるから文明の社会というのは文明人が多い社会ということになる訳であるが文明に達した社会がそれならばどういうものであるかということは二、三の文明人に就ての知識からその観念が得られるものでない。そしてその観念を得ることで個々の人間に就ての知識も生きて来る。ヒュウムがいたヨオロッパの十八世紀ではこのキリスト教が一つの基礎をなしている文明で始めて無神論が、或は無神論も常識と見做されるに至ってそれが無神論の全盛を来した訳でもなかった。ヒュウムはスコットランド出身でスコットランドは熱心な新教系のキリスト教徒が多くてヒュウムの無神論は知られたものだった。或る晩ヒュウムがエディンバラの町を歩いていてその頃の町によくあったどぶ泥の溜りに落ち、それがかなり深くて一人ではそこから這い出せないことが解った。そこへ婆さんが一人通り掛ってヒュウムが助けを求めると婆さんはそれが無神論者のヒュウムであることを知っていてこの時とばかりヒュウムに所謂、主の祈りを唱えなければ助けないと言った。ヒュウムは即座にそれに応じて婆さんが何と思ったかは解らないが兎に角ヒュウムは助け出された。

ヒュウムがその理性論を、又モンテスキウが *Les Lettres Persanes* を書いてそれが広く読まれた時代にこういう頑固で素直な婆さんがいたというのも文明である。それは一つの社会をなしている人間が希望に燃えるということでなくてそういうことをするのがまだなすべきことが残っている間のことであることに対する認識が浸透し、そのなすべきことというのが人間であることに必要な条件に不足しないことを銘々が自分と自分の周囲に就て心掛けることに結局は尽きることを知るのが文明であってこの時に婆さんが神様を信じることを妨げられても又ヒュウムにそれが強いられてもならない。これは繰り返して言えば風通しがいいことで文明の功徳は兎も角その状態にあって人間と人間を結ぶ言葉の働きがその正当な評価を得て文人が社会の飾りであることに止らずにその動きに対して潤滑油の役を果すことになるのが文明の一つの特徴であることは確かである。

十八世紀以後のヨオロッパがどういう径路を辿って今日に至ったかは別として十八世紀そのものはヨオロッパがその歴史の上で始めて文明の域に達したと言える時期であってこのことが自然に我々の眼をこの時代の文人達に向けずにいられなくする。そういう時代の性格が言葉を用いること自体にどれだけの影響を及ぼすかは言葉というものの方からすれば詮索の限りでなくても何かの形で言葉を用いるのが仕事であるものが不当な拘束を受けずに社会のうちで人並に動き廻れること、又そうして動き廻っている様子は不愉快には感じられないものである。これは言葉というのが直接に人間に繋るもので言葉を用いることがそれをするものに人間であることを心掛けさせないでいない為かと考えられる。それで人間らしい人間がそこに現れて人間らしく振舞うという結果を生じる。又それが十八世紀に一般に求められていたことでもあったので文章が書けてそれに応じて日常の付き合いでも言葉を有効に、或は山葵《わさび》を利かせて使うことが出来るもの、従ってそこに一人の人間がいることが示せるものはどこにでも迎え入れられた。

これはその場合に例えば身分というようなものが全く無視されたことでも解ってそれが身分が低くてもということでなくて高くても低くてもそれが意味をなさないことだった。ホレス・ワルポオルは財産家で貴族でサミュエル・ジョンソンは古本屋の息子であり、その文章家としての名声はワルポオルの遥かに上を行くものだったから誰もこの二人を比較することは考えなかった。併しジョンソンの大才と学識、又その業績にも拘らずその一生が必ずしも仕合せなものだったとは思えないのに対してロオマ衰亡史を書いたギボンはどこも無理をしなくて次第に完成して行く形でその一生を過した点で理性を重んじてこれに従うことを諦念と世間智を支えに最上の策と見做した十八世紀のヨオロッパというものの典型という風に感じられる。ギボンは十六歳でオックスフォド大学に入ったが気ままな読書と遊興に時を過して退学を命じられると父親が怒ってスイスのロオザンヌに住むカルヴィン派の牧師の所にギボンを鍛え直す為に送った。併しこれがギボンに幸してその牧師の許で古典学その他の勉強を本式に始めて大に得る所があった。

その当時の英国では学業の仕上げにヨオロッパの国々を一巡するということが行われてそのうちにギボンもこの旅に出掛けてロオマに寄った。その頃のロオマは帝国時代の廃墟の発掘もまだ行われていなくてその半ば土に埋った残骸は廃墟の感じを一層強めていたに違いない。ギボンはそれだけの遺跡が現にあるロオマ帝国のようなものがどうして滅亡したのかという素朴な疑問、或は驚きに打たれた。併し直ぐにはその径路を辿って書くという莫大な労力が必要な仕事に取り掛る気になれなくてそれから何年かはその下調べの意味で古文書や碑文、記念牌を綿密に研究することで過した。ギボンが三十四歳の時に父親が死んでギボンはその財産を継いで独立し、その後暫くは下院議員に選出されたり収入を補うのが目的で政府の閑職に就いたりしてロンドンにいたが政変があって職を取り上げられると節約の為に再びスイスのロオザンヌに移ってその頃既に始めていたロオマ衰亡史の執筆を続けた。

これは一七七五年、ギボンが三十九歳の時にその第一巻がまだギボンがロンドンにいる間に出たその当初から好評で数日で売り切れて再版、三版が出された。ギボンがロオザンヌに移ったのが一七八三年でそれからの五年間が衰亡史の残りの五巻を書くのに費された。ギボンはこの歴史の第一章を三度、第二章を二度書き直してその調子が決ると後は何の渋滞もなしに書き継いで行ったらしい。又その刊行は終りまで好評だったが一七八七年にギボンがその最後の一巻を書き上げてその原稿を持ってロンドンに戻る時には出版社に催促されてかなり仕事を急いだようである。ギボンはそれから又スイスに戻り、その次に一七九三年にスイスから引き揚げたのがやはり急いでのことだったのは英国にいる友達の一人がその母親をなくしてギボンは直ぐにも戻って友達を慰めてやらなければならないと感じたからだった。その時は既にフランス革命が始っていてその動乱の中をスイスから英国まで馬車で行くのは容易なことでなかったがギボンは無事に英国に着いて友達の所で数日を過すことが出来た。

それからギボンが訪ねたのがその継母でギボンはこの父親の後妻と大の仲よしで会えば何時間も夢中になって話をし続けた。十八世紀のヨオロッパには才智も学識もある男と対等に付き合えるそういう女が多かったようである。ギボンは楽みが多い人間だった。その頃もう一つは馬車用の有料道路で旅行することでこれには多少の説明が必要になる。その頃の旅行は徒歩でなければ騎馬か馬車に限られていて馬車の作り方も漸次に改良されて十九世紀に常用されるに至る完成された型も既に出来ていた。併し道路の方はまだそれ程進んでいなかった所がギボンの頃、十八世紀の後半になって産業革命の影響もあって輸送の確保が必要になり、それを理由に工学的に綿密に設計された道路を作ってその維持費の徴収も兼ねてこれを有料にすることの許可を申請するものが相次いだ。それがギボンの有料道路である。今日ならば高速道路ということになるのだろうがテルフォオドとかマカダムとかいう当時の大家が設計した道路に既に定評があった英国の何頭立てかの馬車を高速で走らせるのと今日の高速道路ではその観念が余りにも違う感じがする。又その料金も違ったようでギボンはこれ程の楽みというものは他に直ぐには思い付かないが少し高く付き過ぎると言っている。

ヒュウムと同様にギボンにも友達が多かった。当時の文人達はどこへ行っても歓迎される他に文人同士の付き合いも密でそれが英国やフランス一国のことでなくて各国間の文人の行き来も繁かった。ギボンもロンドンにもパリにもそうした文人の友人が多くてギボンに敵意を持ったのは英国に亡命して来てギボンに会った後に M. Gibbon n'est pas mon homme と言ったルソオ位なものだったに違いない。ギボンがルソオの歯に合わなかったというのは十八世紀のヨオロッパを体現して均衡が取れていることが精神の働き、又従ってこれを反映して文章もの特徴をなしているギボンと浪漫主義の走りとも見られるルソオの取り合せを思うならば容易に理解出来る。ルソオが民約論その他でフランス政府に睨まれて英国に亡命して来たのはヒュウムの援助によるものだったがルソオはヒュウムとも喧嘩してフランスに戻った。これはフランスでもルソオに始終起っていた種類のことである。これに対してヴォルテエルが同じような理由で英国に亡命している間は到る所で歓迎されて英国で出版の運びになった本まで忽ち売り切れた。

併しギボンのことをもう少し付け加えてもいい。ギボンは前に触れたようにロンドンの友人達と快く日を過してその名声は確立し、その昔出費の節約を強いられてスイスに引っ込むというような状況では既になくてそこにギボンという太った人物が次は何かという眼付きをして友人達の間を行き来した。それは紛れもない一つの完成とその完成の享楽だった。それが何年か続いてからリットン・ストレエチェイの言葉を借りれば下腹部にある或る突起が手術を要することになったがこの手術も成功して自宅で気ままに寝起きして養生する所まで行き、それが或る日床を一度離れて又寝床に戻る時にギボンのフランス人の従僕が手を貸そうとするとギボンはそれを je suis plus adroit que vous、こういうことは私の方が貴方よりも器用だと言って断って身軽に床に入り、それから暫く眠り続けたと思うともう死んでいた。こういうのは大往生という言葉が頭に浮ぶよりもイタリイ風の軽音楽がその間奏せられていた感じがする。

このヨオロッパの十八世紀という時代のことを考えていると大体の所が同時代である康熙、乾隆の頃の支那、或は文化、文政年間の日本とのその何れもが文明の状態にある点での類似ということに注意が行くとともにそういう文明の状態にない場合との比較を試みることになるのも免れない。フランスも英国も十八世紀に文明に達した。フランスの歴史の上ではルイ十四世の治世だった十七世紀が十八世紀のルイ十五世の治世に移ったので例えば劇ではラシイヌ、モリエェルその他ルイ十四世治下の劇作家に及ぶものは十八世紀に一人も出ていないがラシイヌがその唯一の喜劇である *Les Plaideurs* を書いてこれがヴェルサイユの宮廷で上演された時にラシイヌはルイ十四世に激賞されて王宮で晩餐を賜った後に夜遅く王室の馬車で家に帰って来た。所が家のもの達は帰りが遅いのでラシイヌが国王の不興を買って逃亡し、その馬車はラシイヌを探して逮捕しに向けられたものと早合点してそうでないことが解って一安心したというのである。ルイ十四世がルイ十五世よりも遥かに名君であり、又ヨオロッパの歴史上なくてはならない人物だったことは説明するまでもない。併し芝居が不出来である位なことで国王がその作者を逮捕出来る、或は少くとも出来ると一般に思われていることはまだ文明の状態でなくてこれはルイ十四世一人ではどうにもなるものでなかった。

英国の場合はその十八世紀と比べるのにエリザベス時代が恰好である。フランスと違って文運隆盛であることで目立つのがその前の時代でなくてエリザベス時代まで遡らなければならないからであるがこれは十七世紀よりも前まで行くことでそれだけ文明の状態と言えるものから遠ざかることになる。例えばエリザベス時代に劇文学の開花の先駆をなしたマアロウは酒場での喧嘩で殺されてこれはその頃はあり勝ちなことということで片付けられた。又シェイクスピアに次ぐ当時の劇作家であるベン・ジョンソンはその生年月日が今に至るまで解らなくてジョンソンも決闘で人を一人殺して投獄された後に劇作に転じて名をなしている。ウェッブスタアはとこれ以上例を挙げて行くことはない。その中でシェイクスピア一人が先ず順当にその町で育った後にロンドンに上って劇作家として成功して平穏にその故郷の町に引退しているのはやはり一人の人間の精神が殊にそれが非常に優れたものであるならば単にその仕事の面でだけ効果を収めるものでないことを示しているものと思われる。中世紀にファン・アイク兄弟がいたように人間が個人的に文明の時代の前に文明に達するということはあり得る。併し我々が文明ということを言うのは一つの社会、或はその時代を指してのことなのである。

十八世紀のフランスや英国を文芸の面から見るならばそれは散文が発達して一応の完成まで行った時代だった。これは必ず詩が発達した後に起ることである。そして詩と散文を比べるならば詩が一人の人間が作って全くただ言葉の力だけで人を引き寄せることが出来るものであるのに対して散文はその効力を本式に発揮するには既に言葉というものに或る程度親んでいてそうして親める言葉を求める読者が必要であってそこにも言葉と文明の間に或る関係があることが認められる。次に又詩と散文を比べるならば詩が散文に優るものであることは疑いの余地を残さなくてその辺の事情は詩が文明の時代にも作れても文明でない状態で散文の発達は望めないことからも察せられる。もともと詩は太古から人間とともにあってそれは詩の形でだった。併しこれは詩だけのことを言うならば文明の状態が詩を作るのに必要なものでないということでもあってホメロスの時代はその詩が如何に見事であって又その手工芸が進んでいたのであってもホメロスの詩に出て来ることは野蛮極りない。

多くのことにとって文明は必要でないのである。或は寧ろ文明はその多くのことがあった後で来るものなので必要ということを言うならばその多くのことも人間にとって必要と限らないものが少くない。或は人間が死ぬ時まで生きているのに是非ともなくてはならないということはないのでそのことから必要ということの意味が曖昧になる。我々はいつの間にか芸術とか文学とかいう言葉、或は寧ろ合い言葉の魔術に掛ってそれが指すと思われるものが我々に欠かせないと考えるようになっている。併しそういうことはなくてその芸術や文学も曖昧な名称であるが一応はそれに相当するものが我々にとって何故なくてはならないかその根拠を見出すのは難しい。或はそういうことを離れて一冊の本を愛読するのも我々が死ぬまで兎に角息をしているのに必要なことでなくて現に本というものに死ぬまで用がないものも幾らもいるに違いない。併しそれでも我々は本を読むことを求めて又友達がいなければそのことを寂しく思う。

その世界が文明のものであって人間にとってなくても構わないものがなくてはならなくなる所に人間の暮しというものが成立し、そこに文明が生じる。それは自分にとって親しい一人の相手と何時間も話をし続けるとか申し分なく作られた馬車に乗って同じく申し分なく作られた道路を急ぎの用事でもなくて旅行するとかいうことでワルポオルにデッファン夫人が遺言で世話を頼んだ老犬をワルポオルが英国からフランスまで人を遣って取り寄せて犬が死ぬまで自分の所で更に九年間飼ったというのもそうしないではいられなかったからである。或は鷗外の細木香以伝によれば香以が豪遊の限りを尽して零落し、その家からの僅かな仕送りでどこか海辺の寒村に逼塞していた時に江戸から相撲取りの一団が遊山に来て香以に出会うと力士達は往年の縁故で砂浜に土下座し、その後で香以はこの一団に鮮魚一籠を贈ってその為に幾月かその暮しを一層切り詰めなければならなかった。もし必要ということを言うならばそこに必要なことは何一つない。ただ人間が人間であることを得ているだけである。

それ故に文明はなす所がないとか浮ついているとかいうことと取り違えられ易くて十八世紀のヨオロッパが浮薄だったからフランス革命が起ったという種類の愚説が生じることにもなる。この革命が起ったのは文明というのが常に危きに遊ぶもの、或はいつ破れるとも解らない危い均衡が保たれてのことであるという人間の条件に従ったもの、又それが人間の世界のことである限りでは従わざるを得ないものだからで野蛮とは違った意味で文明の正反対である露骨とか粗野とかの性格がフランス革命で普通のことになってからヨオロッパが文明の状態に戻るまでに百年は掛っている。又そのなす所がないということも人間の精神上の仕事が本質的なものであればある程目立たないということと多分に関係があってそれが書く仕事ならばその結果どのような言葉の組み合せが得られても外見は人間が机に向って何か書いているに過ぎず、その結果は幾行かの字であってその人間と同じく精神の世界に沈潜するのでなければ簡単に言って想像力に訴えて来るものがない。

十八世紀のヨオロッパで書かれたものにヒュウムの理性論、ギボンのロオマ衰亡史、又モンテスキウの *De l'esprit des lois* があってこの方がフランス革命よりも、或はルソオの民約論よりも人間にとって大きな収穫だったことは今日に至っても一般に認められているかどうか疑しい。十九世紀のヨオロッパの唯物論は別としてもフランス革命の方がバスティイユの破壊、断頭台での何千人にも上るものの処刑、国民軍によるヨオロッパ諸国の聯合軍の撃破、ナポレオン戦争と人の目を惹かないでいない出来事が多いからである。その代りに寧ろ十八世紀と言えば男女のきらびやかな服装やこの時代に始った各種の舞踊、或はその為の音楽という風な形で普通受け取られていてそれも必ずしも間違っていることにならない。その舞踊や音楽がなくてはならない暮しというものが十八世紀のヨオロッパにあったからでこれは古典音楽とか芸術とかいうことに何かの意味を見出すのと比べてその人達はその音楽や舞踊の手を遥かに切実に生きていた。又それも限りあるものであることを知っていた。

その辺のことからの聯想でいつも頭に浮ぶのがナポレオンである。フランス革命の結論はナポレオン戦争とその成果にあるとも言えるのでそれならば外観はどうだろうとナポレオンがこの革命をその決着まで遂行したことになる。我々はこの革命に就て自由とか平等とかいうことを聞かされているが実際にこの革命が成就したのは新たな枠が作られる前にそれまでのヨオロッパにあった一切の枠を打ち壊すことだったのであり、それがナポレオン戦争で行われた後でそのもとの枠が復活することはなかった。こうして人間が自分達の為に作る各種の枠が古くなって用をなさなくなるのも人間に課された条件の下では免れないことである。その枠を取り払うことをナポレオンはなし遂げたのであるがナポレオンはそのことをどれだけ自覚していたかということになると疑問が残る。その自覚があったのでもなかったのでもナポレオンがしたこと自体の性質に勿論変りはない。併しその性質から言ってナポレオンが何を考えていたのでも目的は遂行されたということもあってそうするとヨオロッパの運命の担い手であるナポレオンとナポレオン個人の分離、或は寧ろナポレオン自身がどういう積りでいたのでもヨオロッパの運命の担い手であることを免れなかったという事情をそこに窺うことが出来る。例えば皇帝に即位して自分の王朝というようなことを言い出し、その時の皇后だったジョゼフィイヌに子がないのでこれを去ってオォストリア皇女のマリイ・ルイズを新たに皇后に迎えたというのはそれまでのヨオロッパの枠を破ることとの逆とも思えるがナポレオンという一箇のなり上りものがオォストリア皇女と正式に結婚するということが既にその枠に致命傷を与えることだった。

併しヨオロッパの運命の担い手という風な言い方は曖昧であってナポレオン自身がどんな人間だったかということがどうしても後に残る。この場合に天才とか将器とかいうことを挙げるのが大して参考にならないのはその何れも一人の人間の性格を決定するものでないからでその天才や将器は韓信、或は義経、或はコンデ公のものでもある。併し天才的ということ以外にナポレオンの行動には特異なものがあって例えばその初期のエジプト遠征はこの種の作戦では敵地の攻略だけが目的でなかった最初のものであり、この時にナポレオンが率いて行った専門家の一団によってロゼッタ石が発見されている。又ナポレオンは第一執政時代に所謂ナポレオン法典の編纂を命じているが法典の文章を読めばその編纂を単に命じただけでなかったことが察せられる。スタンダアルが浪漫主義の一方の代表と見做されながら多分に十八世紀の人間だったことがそのことで思い合される。ナポレオンにもし何か一つ信奉するものがあったとすればそれはやはり理性だったのではないかという気がする。

十八世紀のヨオロッパを貫く原則のようなものが何か一つあったとすればそれが理性というものだったことになり、それ故にフランス革命も十八世紀のヨオロッパの産物だった。ルソオの民約論、或はシエイエスの第三階級論以上にフォントネルからヴォルテエルに至る十八世紀のフランスの文章が不合理を排して理性に従うことを目指したことでフランス革命を準備し、これには当然のことながら十八世紀の英国の散文も与っている。又理性以外のものを信じなくて理性に従って現世を束の間の不幸、来世を僧侶の欺瞞と見た十八世紀全体の思考の方向も革命を助長はしてもどういう点でもこれを阻止するものでなかった。ただ不合理を排するには破壊することだけで足りてももし全面的に理性に従うならばどれだけのことが実現出来るかということで理性を越えた野望が生れたのをフランス革命はやはりそれが不合理であることを示さないでいなかった。それならばフランス革命は浪漫主義の先駆をなすものとも見られる。

この革命で実現の余地がある限りのことをナポレオンが実現したということになりそうである。既に十八世紀に精神の世界では充分に認められていたことを制度の上にも及ぼして見せたのである。それがナポレオンがしたことであるが革命の夢、或は浪漫主義がナポレオンにもあったことはヴォルテエルを耽読したことでも解る。又血統から言えばナポレオンはイタリイの人間であってそのロオマ法王との交渉ではイタリイ人らしく法王を全く無視して掛っている。やはりそこに見られるものはフランス革命でなくて十八世紀である。

Ⅲ

同じ歴史、或は昔話でも西洋と我が国、或は東洋では一方のは派手で片方は地味だという観念が我々の頭のどこかに付き纏っている。これをバタ臭いのと侘しいものと言い換えても同じことでそれが実際にそうであるかどうかを考えて見るのは無駄なことではない。凡て何となくそんな気がすることはその真偽を確めるのに越したことはないからである。先ず見た眼にということがあってその点では或は西洋の方が派手かも知れない。その一例に甲冑を取るならばヨオロッパの前身の一部をなすギリシャのはホメロスの時代には青銅で出来た兜と胸甲に同じく青銅の楯が付いて兜は馬の尾の毛を赤その他の色に染めたもので飾り、それが磨き立てた青銅の金色に映えて目を惹くものだったことは想像出来る。これが断続的にではあるが次第に発達してヨオロッパの十六世紀に至って現存するものでは神聖ロオマ皇帝シャルル五世の為に作られたので紺色、或は所謂、鋼青色に鍛えた鋼鉄で頭から爪先まで全身を蔽う具合になっていてこれを着しているものの位を表すのに兜の鉢に当る部分に王冠の形をした細い黄金の輪を廻らしたのは恐らくヨオロッパで甲冑を製作する技術の極致を示すものである。

こういうことを書くだけで西洋が派手だというのが何を指すものか確かに摑めることでなくなる。その例を甲冑に取ればこれに対応して日本の武具のことを思い浮べるのを免れないということが生じるからで西洋の甲冑が最後まで金属製の板を張り合せたものだったのに対して日本では早くから鉄の札を糸や皮で繋いで縅《おど》した鎧が発達し、その縅しの名とその色を考えるだけでもそのどれかをシャルル五世の鋼鉄に特有の濃紺の光沢を帯びた甲冑と比べてもその一方がもう一方よりもというのが無意味なことに感じられて来る。これは派手というのをどういう風に受け取るかにも掛っている。併し派手を目立つということでなくて目が覚める思いをさせるということに解するならば、又その派手ということを追って行けば結局はその通りに目が覚める思いをするもののことになるのを免れないがその限りでは例えば萌黄縅しの鎧というものを胸に描くだけで西洋の方が派手ということはなくなる。又鎧を縅すということがあって紫裾《すそ》濃の鎧というような何か匂いを漂わせるものも作れる。

或はこういう話がある。関ケ原の戦いに先立ってまだ東軍が上方に到着する前に伊勢の安濃津城を守っていた富田信高は西軍に囲まれて城門の外に出て敵と戦っていると城内から見知らない一人の美少年が鎌槍を手に駈け出して来て信高の眼の前で敵を五、六人突き伏せた。その鎧は緋縅しに中二段を黒皮で縅したものでこの若武者が信高がいることに気が付いて走り寄ったのを見ると信高が討ち死にしたと聞いてその後を追う積りで打って出て来た信高の妻だった。その中二段を黒皮で縅した緋縅しの鎧というのがこの話を忘れ難くしていてその縅し方は派手というのが普通に与える印象である目立つということから目が覚める思いをさせること、更には優雅、洗練ということにまで及んでいる。確かにヨオロッパの甲冑、或はそれに身を固めた騎士というものは長槍も楯も磨き立てるだけでなくて甲冑の兜に当る部分は極彩色に染めた羽で飾り、同じく極彩色の刺繡で家の紋章を表した外衣を着けて目立つ点では全く派手であってフロアサアルはそうした騎士の集団が戦場に向う有様を繰り返して描いている。

併しヨオロッパの甲冑に洗練が加えられたのは火器の発達で甲冑が多分に儀礼的なものになってからのことでシャルル五世の優雅と認める他ない武具も宮廷での馬上試合に用いられたものであることは明かである。それでここまで来て派手であることに就て目立つことと目が覚める思いをすることの二つを区別する必要が生じて又そのことに就て東洋と西洋を区別することはない。更に目が覚める思いをするのが眼を凝すことでもある場合が多くてそれをすることに馴れていなければただ目立つものだけが注意を惹く。これはどこでだろうとそうであるからここで派手を洗練、或は絢爛と言い換えるならばその絢爛に就て西洋と東洋を区別することはないのでそれ故にシャルル五世の儀式用の甲冑と日本の鎧の縅しを同列に置くことが許される。ただ日本の鎧が一貫して実戦用のものだったことはどこまで洗練が人間の生活に浸透したかということに掛っていて洗練が洗練であることそれ自体に洋の東西によって変りがある訳がない。

尤も派手であるのを洗練、絢爛と言い直してそれならば東洋、或は少くとも日本は西洋よりも遥かに絢爛なものに富んでいるのではないかという見方もしたくなる。併しこれは単に西洋はバタ臭くて日本は侘しいと決めて掛るのを逆にしたまでのことでヨオロッパと日本というような区別を立てる時に我々が先ず忘れるのがその区別、或は違いがどこまで及ぶものかということである。そこには明治以来の西洋崇拝が今日でもまだ働いているのかも知れない。どこに行っても同じ人間を同じと見ないのであって一方が野蛮人でもう一方が文明の人間であるならばこの差別はまだしも理解の余地が残されているがヨオロッパと日本では何れも文明が取った一つの形であってその歴史に照して日本がヨオロッパに対して一日の、或は千年以上の長があることを認めることは出来てもその反対にヨオロッパの方を崇拝するに至ってはその根拠を問う気も消え失せる。又それと同時に今日では文明の状態に達しているヨオロッパをそれが今日のことであるのを理由に軽く扱うのでは文明が文明であることに差を設けることになる。

ヨオロッパは少くともその十八世紀には文明の域に達してこれは当時の日本と比較して確められることである。前にもどこかで例に引いたことであるがワルポオルが友達にその友達が使っている嗅ぎ煙草を所望してその一包みをワルポオルの所に送って寄越す時に自分はもう嗅ぎ煙草を止めたからという理由で嗅ぎ煙草入れも付けてやったのは止めたというのがその嗅ぎ煙草入れを付けて寄越す口実に過ぎなかったと察せられる。これはヨオロッパの十八世紀に相当する江戸時代の末期に細木香以が知人から一双の屏風を二十五両で買ってその頃二十五両の包みを切り餅と称したのに因んで上等な餡《あん》を付けて送ったのと軌を一にしている。既に何れも侘しいのでもバタ臭いのでもなくてその代りに眼を凝せば、或はそのようなことをするまでもなくてそこに鋼鉄の青に映える金の光沢、或は鎧の縅し、或は女の襲《かさね》の色と同質のものが浮び出る。それは萌黄縅しの鎧と細木香以の切り餅が地続きのものであるように香以の世界とワルポオルの世界も地続きであることでヨオロッパと日本はこの時に単に地理上の分類になる。

明治になってヨオロッパでは舞踏会というものをやるということが伝えられて鹿鳴館が出来た。そこで舞踏会がヨオロッパのやり方に基くものでヨオロッパから来たというのがバタ臭いということである限りでは鹿鳴館の舞踏会はバタ臭かったのだろうがその実状に即すればそれが侘しいものだったのはそれが日本で開かれた舞踏会だったからでなくて日本でもヨオロッパでもない催しものである為に舞踏会でもないその中途半端な性格が侘しさを生じたのである。このことから西洋が派手だという見方が生じた事情の一端が窺えるように思える。ただ西洋ではそうするという理由から何かすればそれは鹿鳴館の洋風の調度と同様に目立ってそれが目立つから派手にも感じられる。併しただそれだけであるから次には本場のヨオロッパでは初めに派手と感じたことがその通りに、或はそれ以上にその実体を示して派手であるに違いないと考えるに至って一層それで西洋は派手であることになるのであるよりはそのことに一念が凝集する。

併し派手であることに満足して場合によってはそれに酔うには目立つことの派手でなくて目が覚める思いをする派手でなければならなくてそれは更に洗練、絢爛でもあって洗練が所によって違うということはない。もし鹿鳴館の舞踏会が一種の擬《まが》いものだったならば同じ頃に本ものの舞踏会がヨオロッパの幾つかの宮廷、又方々の屋敷で開かれていてそれが絢爛なものだったこと、或は絢爛であることもあったことは充分に想像される。併しそれと同じものを好む当時の日本人がこの絢爛を歌舞伎の舞台に求めた時にそこに生活様式の上でのこと以外にどういう違いが認められるだろうか。当時の歌舞伎の舞台は充分に絢爛なものだった。それ故にヨオロッパで女達が舞踏会に連れて行かれることに憧れたように日本では女達が芝居見物に行くのを待ち遠しく思ったのである。もしそこに陶酔があったならばこの二つの場合にその陶酔に違いがあっただろうか。それがあったと思うのがヨオロッパと日本ということで人間というものを見失っている証拠である。我々は日本で酒を飲んでも酔い、ヨオロッパで葡萄酒を飲んでも酔う。

ただ昔を振り返って見る時に日本とヨオロッパではその歴史の上で千年の差があるということをどうしても感じないではいられない。源氏物語が成立したと考えられる西暦一〇〇〇年には英国はまだサクソン人の王朝の治下にあってノルマン人の侵入で今日の英国がその形をなすに至ったのは更に一世紀近く後のことであり、それと同様にフランスは漸く神聖ロオマ帝国の一部であるのを脱してフランスという国をなすに向いつつある時期だった。それのみならずエセルレッドが王位にあった英国とかユウグ・カペのフランスとかいうのが文明の状態にあったとは到底言えるものでなくてその辺から始って更に何世紀か続くのがヨオロッパの所謂、中世紀である。そしてヨオロッパが紛れもなくその中世紀にあったと見られる西暦一二〇五年に日本では新古今和歌集が撰進されている。こういう食い違い、或は時差、或は因果関係の偶然が今日の日本にいれば向うにヨオロッパその他があるということに馴れた感覚を例えば後鳥羽院の時代に立つ場合に狂わせる。当時の支那は蒙古族が元朝を建てつつある途上で宋が滅亡に向っていた崩壊期にあり、その十三世紀のヨオロッパに我々が普通にヨオロッパと結び付けて考えるものはまだ何もない。それを強いて探すならばゴチック式の寺院位なものだろうか。西洋は派手でどころではないのである。

それで今日の感覚に従って当時の日本にも何もなかったと思い込むことにもなり兼ねない。これは無智から来ることであるとともにそれとは逆に日本の方に重点を置くことで日本が常に文明国だったのに対して今日でも日本以外に何もないと見る別な無智に走る危険が生じる。どういう無智でも無智であることで世界の像は損ぜられて神国日本も後進国の日本も世界の像を全うするものではない。併し世界にあるものをあると認めて行くうちに西洋と日本に就ての何となくの気持は消えてなくなってその気持に縛られていた時よりも遥かに多様な世界がそこに拡る。或は実に簡単に世界がそのままの形で見えて来る。それは又西洋と日本と言った種類の区別を価値のことにまで持ち込まないことでもあってこの二つが違うのはアフリカがアメリカでないのと同じことでしかない。更に新古今和歌集が撰進された丁度その頃に暴政の挙句に貴族達に大憲章に署名することを強いられた英国国王のジョンが野蛮な状態を比較的に脱した人間で二週間に一度は入浴したというようなことは世界がその当時はそういう形のものだったということで納得される。

又そうでなければどういうことにも条件や保留が付いてそのままでは受け取られないことで実際の有様が歪められる。日本の後鳥羽院の時代を英国の十三世紀に持って行った所で始らないのでその頃の英国で風呂に入るのが珍しいことだった為に新古今の価値、又その文明上の意味が減じるのでもなければそれを認めることで英国国王の体が綺麗になるものでもない。寧ろそういう世界の大部分がまだ野蛮な状態を脱し切れないでいた時代にはその頃既に文明に達して久しかった支那と日本に目を留めるべきでその文明を認めることで後に十八世紀に至ってヨオロッパが達した状態が如何に実り豊かなものだったかが理解される。その間に五百年の差があることは地理上の違いということで片付けられる。何故ならば歴史ということを言うならば歴史の立場からはこれは西暦の十三世紀にヨオロッパはまだ野蛮で文明は支那と日本にあったということであるのに過ぎないからである。

それ故に歴史はそれそのものと世界の各地の歴史を区別しなければならない。又我々が世界と言っても歴史と言っても同じであることを知った上では各地の歴史に詳しければ詳しい程そこでの出来事が素直に受け取れるので例えばヨオロッパの兵制が大体の所は我々が今日知っているようなものになった頃の華美な軍装は当然のことながらそれまでの騎士の甲冑に倣ったものだった。それ故に今日でも騎馬の儀仗兵は兜と胸甲を着けている。又勲章がヨオロッパのは日本のと比べて格段に見事であるのは紋章の観念の違いから来ているのであって日本の紋は識別出来るものであることが主な目的であるのに対してヨオロッパのはそれを用いるものの身分を誇示する為のものであることから始り、その誇示の必要もなくなるか忘れられて洗練を加えられたのが今日の紋章、又その一種である勲章になった。日本の紋もヨオロッパの紋章もそれが今日見るようなものであれば何れが優れているとも言えない。併し序《つい》でに一言付け加えるならば日本で解りさえすればいいというこの識別を主にした考えは徹底していて日本の天子は王冠というものを用いない。それは天子は立纓《りゅうえい》であって臣下の冠の纓は巻いてあるのでそれが立っていれば天子であることが明かであるからで支那でもこの洗練には達しなかった。

ヨオロッパの紋章が初めはそれを用いるものの身分を誇示する為のものだったことは君主に生殺与奪の特権を授けられた貴族が人を紋首刑に処する木を紋章の一部に加えたのが

今日でも残っていることからも察せられる。併し紋章は紋章であって発達して体をなすに至り、それが建物や家具に付けられれば美観を添えて日本の紋と同様にただの標識と余り変らないものになってからは馬車の扉に塗ってあるのを人に見られたくないものは窓から外套の袖を出して隠したものだった。それで馬車のことになる。ヨオロッパの人間が中世紀の終りまでどのようなものに乗っていたかを思えば十八世紀に至って殊に英国で作られ始めた馬車というものが或る一つの完成だったことが感じられる。それに就て一つだけ技術上の点を挙げるならば馬車の塗りの光沢を保証するのに塗料が十三度掛けられてその度毎に塗りが乾くのを待って鑢紙《やすりがみ》で磨かれた。そのことに就てロオマの文明にあってさえもロオマ人が用いた二輪の馬車は車軸が車とともに廻るので曲り角に来ると難渋したことを思い出してもいい。

その馬車の塗りの光沢というようなものが人間が人間の集団である社会に住んで息をついている有様を保証する。それは又滑りがいい障子や襖とか磨きに磨いて黒光りがする蕎麦屋の柱とかであっても構わなくてこうして人間が手を掛けたものはそれだけの持続の安定が人間の方にあったことをもの語り、これがヨオロッパに日本という種類の区別なしに人間が人間である世界の基礎をなしている。それで地味とか派手とかいうのは一層のことその根拠を失って持続を地味と見るならばそこから絢爛な光沢が生じることもあり、その持続がなければ光沢も生じなくて更にその絢爛を地味と受け取ることも出来る事情を日本語の渋いという言葉が表している。この持続と光沢の関係を離れてヨオロッパの十八世紀も日本の江戸時代も平安朝もなくて蒔絵の艶にも燈架に照された寄せ木細工の床にも我々には同じ洗練、又それを生じた持続、更にその持続を支えて又それに支えられた人間の姿を認めることが許される。

平安朝以来、日本で無常の観念が発達したのは仏教の影響であることになっている。そうした点では我々が意識する以上にキリスト教の影響を受けているようで仏教の影響で世の果敢《はか》なさが身に染みるという考えの背後にはキリスト教という唯一に真実の宗教を信じていればそういうことにならないという見方が働いているのが窺える。併し十八世紀のヨオロッパの人間にとっての宗教もキリスト教だった。これが宗教というものの限界を示すもので人間が何を信じようとそれで人間でなくなるに至っては宗教の根拠も覆されるので人間の世界に住んでいて身に染みるのはその世界の限界、或は兎に角それが実際にあるその有様である他ない。それ故に平安朝でも鎌倉時代でも或はヨオロッパの十八世紀でも人間の思いが行く所はこの果敢なさ、無常ということだったのでこれを救うのが宗教と見做されていてもそれで人間の世界が果敢ないものでなくなる積りでいるのでは考えが足りな過ぎる。その世界に徹すれば徹する程無常の観念は現実の形を取って来て我々にとって現実であるものは我々が間違いなくその通りと認めるものなのである。

ワットオは西暦一七二一年に肺結核で三十八歳で死んだ。その持病からしても長生きする積りでいる質でなかったことは想像出来るが無常という種類のことは生命の長短からその観念が得られるものでなくてアメリカのエリオット・ポオルによれば病弱だったワットオにとって自然はリュクサンブウル公園、室内というものはパリの劇場だったのでこの二つ以上に十八世紀のヨオロッパがあったと思われるものは少い。そのことはリュクサンブウル公園の自然を背景に劇場に集る男女の服装がきらめくワットオの絵に示されていてそこにも十八世紀のヨオロッパ、或は無常の姿、或は忽ち消え去る瞬間がある。その瞬間が絵に残っているというのも余り当てにならないことで画布もしまいには腐り、それよりも実状はワットオの絵が残っている限りそこに無常とこれを世界の姿と認めた十八世紀のヨオロッパがあるということであるように思われる。これは平安朝と同じ無常であってそれ故に源氏は木戸の蝶番が軋るのを聞いて老衰を思い、それを慰める花の一枝でもあればという考えに誘われる。

織り方は違っても同じ絹という繊維が日本でもヨオロッパでも用いられたのは黄金が世界のどこでも貴金属として尊ばれるのと別な事情によるものではないかも知れない。どこに行っても人間は人間であってその精神が働く具合に大差はない時に精神が一層その精神になる洗練という操作を通して精神が求めるものにも大差がなくなる。それ故に幕末に日本に派遣されたロシアの使節は日本人が間色を好むのを見てこれを文明国の人間と判断した。これと同じものが絹にあってその光沢は自然のものでこれを生かすことに絹を用いる技術があり、それが自然のものであることが一つの基準を設定してその光沢自体、或はそれを発する繊維の抵抗が原色を用い難くする。一体に自然の領域で原色が見られるのは熱帯というような特定の場合に限られていて精神の洗練は精神を自然というものの素直な状態に近づける。それで思い浮べずにいられないのが日本の襲の色であるがその紅の原色も赤でないのと同時にヨオロッパで男女とも鬘に白粉を振り掛けて会合に出掛けて行った時代に着用された繻子《しゅす》も紺や鼠の系統の色に染めたのが多くて燈架の光や銀器がこれを引き立てた。その十八世紀のヨオロッパでも月の光が愛されたことは我が国では当り前な感じがしてもヨオロッパの文明が日本よりも遥かに北方の地にあって人々が太陽に向うのが普通であることを念頭に置けばやはり文明ということに我々の考えを持って行く。

寧ろ日本が地味でヨオロッパが派手なのであるよりはそうした錯覚を生じさせることになったのがヨオロッパでの科学の発達だったと見るべきであるように思われる。それは十九世紀になってからそれも百年足らずの期間に起ったことで科学がどこまで行くものか考えなかったものにはその成果に将来の予想が付かなくするものがあり、又それ故に目立つ点で紛れもなく派手でこれがその科学からヨオロッパというもの自体に及んだ。ボオドレエルがガス燈や蒸気機関を認めようとしなかったのはこの派手な出来事に目を奪われた風潮に反抗してである。併し十三度塗りを重ねた馬車の車体の光沢が必ずしも注意を惹かなくても汽車や飛行機はその出現ということでは精神の均衡を危くするもの、或はその均衡を無視させるものを持っていてこうしたことが相次いでだったので先ずヨオロッパの人間がこれに眩惑された。一口に言えば十九世紀のヨオロッパでの科学の発達はそれまで人間が精神の均衡を保つことにその精神の働きが正常であることの根拠を見出していたのに対してそれをする必要を疑わせたので歴史とともに人間が身に付けて来た常識がその為に崩れた。或は崩れる危険にさらされた。

信長の時代前後に日本に渡来したヨオロッパの人間はまだこの危険に見舞われず、それ故に日本の人間もこれを人間として扱うことが出来た。その十六世紀と十九世紀の違いは科学の発達の程度にあって火器や遠眼鏡では日本の人間に常識を捨てさせるに至らなかった。併し甲鉄艦や電信はその先にそれまでと別な世界が開ける期待、或は危懼《きく》を人に抱かせ兼ねなくて当然のことながらこの影響を最初に受けたのがヨオロッパの人間だった。その廻りに起っていることが人間であることの基準を狂わせて疑いの余地がない所にも疑いを生じて精神の働きを歪めたことは十九世紀のヨオロッパというものからその例が幾らでも引き出せる。それは服装にまで及んで十八世紀が十九世紀になるに至って顕著なことの一つは男女ともに服装が一変して俗悪になったことである。それが我々が明治になって知ったヨオロッパの人間の服装でもあった。併しその背後にあるものが電信、劇薬、細菌学その他であって信長の時代の日本人が見た異国人の服装は単に違った習慣の産物だったのに対して十九世紀の男の首を取り巻く固いカラも肋骨も折り曲げ兼ねない女の胴衣もただそれだけのものでなくて或る特定の世界の印だった。その服装をしたものが蒸気船から降りて来て日本の風物を写真に収めたからである。

科学が物質、並に物質に準じることが出来るものに厳密に限られたものであることを暫くの間はヨオロッパの人間が、次には日本人が見逃していた。今日に至っても日本ではまだこの状態が続いているのかも知れない。これは科学が物質の領域でそれまでの常識では驚くに価することをなし遂げるものである以上或はでなくて恐らくは精神の領域でもと考えることでの人間が神とか神々とかに近づけられるものならばという種類の想像はそれが目立つ意味でこれ以上に派手なことはない。又それが目立つだけの派手であるから俗悪、或は幼稚でもあってただその想像に耽っている間は誰もそのことに気付かなかった。併しgloria, gloria al nido dov'il nacque とダ・ヴィンチが飛行機を作る為の実験を打ち切ってそれが出来たものとして書いた言葉には真実がある。或は科学を用いて自然を改変することが人間に残された最後の正当な意味での野望だったかも知れない。併し自然を改変するのも自然の法則に従ってであってその改変が自然を損う性質のものならばそれが自然の一部である人間にも及ぶ。

十九世紀のヨオロッパの人間、又、それと同様にそのヨオロッパで行われていることに新しい世界を見た日本人はまだ改変の途上にあった。確かにガス燈の光は行燈《あんどん》のよりも明るくて電燈はガス燈よりも更に明るい。今から三、四十年位前までは六本木の一角にまだガスを使う街燈が一本残っていて日が暮れ掛ると係のものがこれに火を付けに廻って来ていたのを覚えている。その光は電燈よりも遥かに柔くて夕闇を照して風情があったがこれは常識であってガス燈は先ず明るいことで日本の人間を喜ばせて次にはそれよりももっと明るい電燈が求められた。それが我々の頭のどこかにまだ残っているらしいヨオロッパの派手というものである。例の西洋崇拝も多分にこのことに由来していて政治の形態というようなことはそれに就て喧《やかま》しい議論が現に行われているにも拘らず行燈の時代と大して変ったとも思えない。我々人間が人間である限り政治も我々が用いる便法であるのに欠ける所がなければ足りてその為に必要な処置が取られれば再び我々の前にあるのが政治である。

西洋崇拝がヨオロッパを派手なものと見るのと同じことでないならばヨオロッパというものからそこで起った科学の発達を取り去った場合を想定して見るといい。ヨオロッパの人間も十八世紀を通って既に文明の域に達していた。それ故に江戸時代の文明人はヨオロッパからの使節に接してその人物に認めるべきものは認めてもこれは自分と同じ人間としてだった。或はそうでなければただその大砲を恐れた。併し大砲を持っていない時にそれが恐るべきものならば大砲以外の科学の産物で文明の利器と誤って称せられているものも馴れないうちは驚くに価して明治の日本の人間にとってはヨオロッパがその源泉だった。その余光が鹿鳴館の舞踏会や銀座の煉瓦作りの店に及んでも不思議でなかった。併し科学の発達が最初に与えた印象が結局は迷妄に過ぎないならばその発達の日本での経過よりもこれが始ったヨオロッパの文明の中で科学が落ち着いた有様を見た方が参考になる。併しそれが今日に及んでいることであるからこれを取り上げては昔話の域を脱することになるだろうか。どれ程昔まで遡っても結局はその昔が今日に及んでいる。昔と今が切離されたのは終戦直後の日本位なものでそれも昔と言えば今は昔のことになっている。併しそれはそれとして十九世紀末にフロイドが何れはその精神分析の基礎をなすことになる各種の研究の発表を始めた時に科学の限界の一端が見え始めたということは言える。フロイドが分析の対象に擬した精神が肉体の延長と考えられる精神の部分、或は一面で肉体同様に物質に準じた扱いを許す限りでは、従ってそれが精神病理学に属することである範囲では精神分析は或る程度の成果を収めた。併しフロイドが精神分析で得た材料に即して精神自体の領域の検討を試みてなした各種の説は思考と呼べる程のものに堪えなくて精神病理学から精神の世界に入って行けると信じたものが入るのを精神の壁に拒否されている感じがする。

それでもオイディプスがどうとかしたというようなことが一時は文芸評論の領分でまで取り上げられたのはフロイドが性慾の抑圧の危険と言った面で当時のヨオロッパで実際にその除去に寄与する所があり、そのことの内容から過大に人の注意を惹いたからである。併しこれは科学でなくて風俗上の問題であって十九世紀のヨオロッパの固苦しさを思えばその緩和、或は合理化を求める動きはフロイドがいなくても当然起る筈だった。又何よりも科学の限界を明確に示したものに第一次世界大戦がある。それに就てのヴァレリイの言葉を引くまでもないことでそれまでは人類とか進歩とかいうものの推進力と見られていた科学が破壊の最上の手段に変じたのである。又それならばその次の第二次世界大戦が科学に対する過信に終止符を打ったとも言える。それでその後に何が残ると考えるものがいるだろうか。その科学が十九世紀に発達するまでにヨオロッパの歴史で言ってもそれに近い年数、ギリシャから計算すれば更に千年、東洋ならば七、八千年たっていてその間科学がなかったのでなくてただ異常な発達を遂げて人の頭を混乱させるということがなかった。

そして今日の我々の頭は既に混乱していなくて再び人間というものが最初に文明の域に達して以来の平静を取り戻している。それ故に昔話が今日の我々にとってもただ少しばかり昔の出来事であってそこまでの今日の延長なのでそこに昔というものの興味がある。もしそこに区別を設けるならばまだ野蛮な状態にある人間は今日の我々の眼にも野蛮であって我々は西暦紀元前九世紀のミュケナイにいることを望んでいない。併し十八世紀、或は十九世紀末のヨオロッパ、或は平安朝、或は日本ならば鎌倉でも足利でも江戸時代でもその方に眼を向けることでそこに人間がいるのが認められる。それ故に襲の色は今日でも目が覚める思いをさせるのである。或はマリイ・アントアネットが断頭台に登って首切り役人の足に躓くと pardon, monsieur と詫びてから所定の場所に首を横たえている。又西洋は派手でという種類のことにも今日の我々は煩されない。実際に見たからである以上にその西洋の背後にあったものが消えたので何か残っているとすれば日本での科学の発達が世界のどこにも引けを取らないという自信から今度は日本の科学者が十九世紀のヨオロッパの迷信に感染している気配がしなくもないこと位なものである。併しそれはやはり迷信に過ぎない。今日の我々に残されているのは昔からの高低もなくて多種多様な世界であってそのことが我々にその昔からの世界を見廻させる。

Ⅳ

文明と野蛮は確実に区別が付けられて或る点までは文明で別の点ではというような状態というものはない。その文明というのは美術や文芸の発達と言ったことを指すものでなくて野蛮な社会でも例えば詩が発達することを示すのに前にも何度かホメロスを引き合いに出して来た。まして文明は科学のようなものと関係がない。ギリシャにはアルキメデスもピタゴラスもいてその為にギリシャの文明が文明だったのでなくてアルキメデスもピタゴラスもギリシャの文明の世界にいてそこには物理学にも天文学にも進む余地があった。又科学が画期的な成果を収めたのは十九世紀のヨオロッパでこれはヨオロッパが野蛮に戻る危険にさらされた時代である。ヨオロッパで文明は結局は失われなかった。それはヨオロッパの人間が既に百年に亙って文明の状態に馴染んで来たからであるがまだ人間が人間の生命を脅かされるのが珍しいことでない間は文明に達することは望めない。或はそこの所をもう少し徹底させて人間にとって人間であるということの観念が動かせないものになるまでは動物の世界で人間にしか出来ないことになっている種類の活動の面でどれだけの成績が挙げられても人間はまだ文明から遠い状態にある。

例えば南米のインカ帝国は概して各種の制度が整っていて人間が生命の危険を感じるのが普通だったとは言えない。併しその制度では住民が幾つかの階級に分けられていて各自の階級を示す色に染めた紐を額に結んでいるのを死ぬまで外すことが許されず結婚も同じ階級の間でしか出来なかった。これを単にそういう昔話と受け取らないで実際にそのような状況にあることを考えて見るべきでこれは農業や工芸、政治、経済その他がどういう段階に達していたのであっても野蛮と断じる他ない。併し生命の危険を感じるのが珍しくもないことであるのが人間の観念の発達、従って文明の形成に対する最も大きな妨げになるようでこれが野蛮の状態を具体的に示すものでもあることを思えばその先は生命の危険に絶えずさらされながらも人間であるということに目覚めるものがあってこれが次第に勢を得て文明が実現するというのが野蛮から文明に向って行く動きの定石であるという何の変哲もない観察をするだけのことで終る。併しこの動きは他の形を取らないのである。

又従って野蛮というのが我々が野蛮人とか蛮族とかいう言葉から普通に頭に浮べる原始的な状態に限られたものでないことも明かである。十七世紀のヨオロッパでは政治も命を賭けることが求められた仕事で一室に元首を囲んで機密を議したその翌日に断頭台に消えるというのが余りに多くの政治家を見舞ったことなのでその方が普通だったのだという印象を受ける。英国のエリザベス一世の治下に一時は三人で政権を分担したエセックス伯、ソルスベリイ伯、及びサア・ウォルタア・ラレエのうちで断頭台に送られなかったのはソルスベリイ伯ロバアト・セシルだけだった。そしてそれにも拘らず生命の危険を危険と感じないで文明に達した人間の観念で行動し、その人間の一人であるのが自分と考えて怯まなかったものがいればこういう時代でもその種の人間に我々は最も惹かれる。エリザベス一世自身がその一つの典型でその治績はこの人間であるということから切り離せなくて又そこから発している。

これがルネッサンスのヨオロッパの君主だったということも忘れてはならないかも知れない。殊に上層に属する人間が身に付けたルネッサンスの教養というものが人間であることの自覚を得るのを手伝いもしたからで今日でもhumanisteと言えば人道主義者というような日本風のものでなくて古典学者のことになる。エリザベス一世は若い頃にRoger Aschamに学んだhumanisteだった。併しギリシャ、ロオマの古典の知識があれば人間であることの自覚を得るというのならば十六、十七世紀のヨオロッパに古典学者の数だけ人間らしい人間がいたのでなければならない。ロバアト・セシルの父親のバアレイ卿は身分が低い官吏だったのをエリザベス一世に引き立てられて大蔵大臣にまで進み、又叙爵されてバアレイ卿になったが晩年に病んでエリザベス一世がその見舞いに行った。丁度その時に息子のロバアトから小綬鶏を送って来ていてその礼状にバアレイは女王がその小綬鶏で羹《あつもの》を作らせて自分で乳母も同様に（like unto a norrice）匙で自分に飲ませて下さったと書いている。

これは家光が春日局に手ずから薬を飲ませたのと少し違っている。その時に日本は文明の状態に達して既に数百年たっていて将軍が自分の乳母に薬を飲ませるのは好意、或は愛情に礼儀の形を取らせることが出来て寧ろやり易いことだった筈である。併しエリザベス一世の宮廷では女王の前に集った廷臣達は何れも立ったままでいて女王の眼差しが自分の方に向けられているのを感じれば直ぐに床に片膝を落した。尤もこの場合も晩年に達したバアレイは別で椅子を与えられて他のものが立っている時も女王に話し掛けられても椅子を離れないでいることを許された。或はそれが文明というものならば英国の宮廷に文明の風を取り入れたのはこの女王である。当時のヨオロッパの宮廷というのがこれとは大分違ったものだったことは例えばエリザベス一世と同時代であるフランスのアンリ四世、或はエリザベス一世の父親のヘンリイ八世、或は女王の後を継いで即位したジェイムス一世に就ての文献を見ても解る。それがまだ野蛮を脱していないものだったことの説明にその野蛮に就て書く興味はないがこの英国のジェイムス一世、更に次のチャアルス一世の時代になってもその各自の宮廷から文明の印象を受けないことはその君主達の中でエリザベス一世が傑出していたことを示している。

エリザベス一世の時代で我々をこの女王と同じ考えに誘うのがシェイクスピアである。この十六世紀末から十七世紀の初めに掛けての期間が今日に至るまでの英国の文学史を通しての劇の黄金時代であるが当時の劇作家の多くは役者でもあって劇の発達が急激だったということも手伝って役者は日本風に言えば川原乞食の扱いを受けることがかなり長く続いた。それは劇作家が安定した暮し方をするのが難しかったということでもあってベン・ジョンソンはウェストミンスタア寺院に葬られながら晩年を貧困のうちに過し、マアロウは居酒屋での喧嘩で殺されている。又劇作家に就ての資料も乏しくてジョンソンはその生れた年が今日に至るまで解らなくてウェッブスタアは生れた年も死んだ年も解っていない。これに対する唯一の例外がシェイクスピアでこれが故郷を離れてロンドンに現れるまでの数年間を除けば誰の子に生れて教会でいつ洗礼を受けたという記録も遺言状も墓も更に誰にいつどれだけの金を貸してその返済を求めて訴訟を起したとか故郷に引退してからその家に穀類がどの位貯蔵してあったとかいう細かなことを記した書類まで現存している。

これ程に文献が揃っていてシェイクスピアを一種の謎の人物に仕立てるものがいるのも不可解な話であるがこれは所謂シェイクスピア学の発達によることであるとして当時の劇作家には珍しく資料が残っていることに就てはシェイクスピアがその劇作家達の中で群を抜いて名を知られていた為とは思えない。その群を抜くというようなことになったのは後世に至ってのことで英国の劇の黄金時代には劇作家が輩出し、その中でシェイクスピアが幾ら人気を取ったのでも、又それが大体の所は一生続いたことのようであってもその間には他にも人気作家が何人も現れてシェイクスピアであるからというのでその頃既にその資料を集めて保存しているものがあったというのは考えられないことである。併しこの時代に芝居で暮しを立てて行くというのは前にも触れた通り容易なことでなかった。一体に人気商売というのがその頃に限らずそういうものではないだろうか。そこには何か人間の頭に狂い、或は隙を生じさせるものがあってその上にこれは居酒屋で喧嘩をして殺されてもそこにいたものが口書きを取られる程度のことですむ時代だった。

個人の立場からすればこれはエリザベス一世が治めた英国が内外ともに絶えず危険にさらされていたのと同じ位にいつ何が起るか解らなくてその日その日を過すことを強いられることだった。エリザベス一世も何度か暗殺を運よく免れている。その状況で女王が女王だったのと変らずシェイクスピアは自分が見た世界に人間として処して行ったということがここでは言いたいのである。その世界や人間というものをどう見ていたかはシェイクスピアが書いたものから充分に窺える。ここで文学論をしているのではないのでそれ故にその方のことはどうでも構わないのであるがシェイクスピアという人間の点から一つだけ言うならばシェイクスピアの芝居は当時のものの中でこれは確かに群を抜いて人間というものに即して人間を扱っている。例えば激情の極みに達して人間というものを摑むということはあってそれはこの時代の芝居に幾らでも見出せることである。併しシェイクスピアの芝居に登場する人物が激情に駆られるのはその人物がしていることであるのに止る。

又そういうことを登場人物に自在に存分にさせることが出来たからシェイクスピア自身にその必要がなかったとも言える。一体に精神の冒険を敢てするものはその冒険が自分自身のものであるのでこれに加えて別な冒険に耽るのはそれだけ精神の自由を制約することになるに過ぎない。これは天地を、或は人間の精神を揺がすような言葉を綴っていて自分は飽くまで机に向っている一人の人間、又そこに向うのに生きている感覚の上で支障を来さない生き方をしている人間であることが求められるということである。或はこれでは順序が逆だろうか。先ず人間であることを求めるのが自然であるようでその方にもし近づきつつあるならばその上で仕事をするのに才能があるものならば仕事も進む筈である。或はもし特別に何かをする才能がなくても人間であることは得られる。ここでシェイクスピアがロンドンに来るまでの六、七年に就て資料が欠けていることは少しも気にする必要がない。それよりもずっと後の十九世紀のアメリカに生れたポオもその位の期間が不明になっていてそれは我々がポオから受ける印象に別に影響しないことである。

ここではシェイクスピアに就ての資料が当時の劇作家では珍しく整っているのが地道に暮して更にそれを楽むのみならずそれを大切と見た人間だった為ではないかということが考えたいのである。その頃の英国もヨオロッパ全体と同様にどちらかと言えば乱世だった。そしてシェイクスピアが書いたものにも窺えるようなこれが充実した精神の持主だったならば乱世、或は少くともまだ文明の状態から遠い世の動きに処するのにも劇作に示したその優れた能力を用いるのは当然だった筈でその通りにシェイクスピアは次第に頭角を現すと言ったことをする代りにその暮しの基礎を着実に築いて行ってやがてロンドンの劇界から引退して故郷の町で手に入れた屋敷に移った頃にはロンドンで知られた劇作家ということよりもその町の重立った人間の一人であることで敬われていた。シェイクスピアは自分の家の為に紋章を定める申請もしていてその許可を得ている。これはシェイクスピアが既に地主だったことを示している。

それ程の出世をしたということならばここでそのことに触れる必要もない。その当時それ以上の出世をしたものは幾らもいてそういう出世の例を見て行くとシェイクスピアのが自分に必要な程度のことに止ったというのはこの乱世に身を全うしたということでもある。シェイクスピアならばそうあるべきだと考えるのは後世がこの詩人に捧げた余り意味もない讃辞や欽仰に影響されてのことに過ぎない。まだその頃は文学とか芸術とか確かにいつの時代にも余り聞かない方がいい言葉が人に虚名を博す手段を提供していなかった。その代りに人を破滅に向わせる落し穴はどこにでも口を開けていて死刑に該当する罪科の数だけでも百を越えていた。リア王の台詞《せりふ》に刑吏の小刀という言葉が出て来て不思議に思っているうちに漸くその意味を覚《さと》ったことがある。シェイクスピアは自分が住んでいる世界がどういう場所であるかを知っていた。又それが結局は人間の世界というものであることも見逃していなかった。

これはシェイクスピアが人間というものを自分も含めてそのままの形で眺めていたことで人間であることを一切の中心に置くのが文明である時に人間をそこに据えたシェイクスピアは文明の人間だった。このことを表す言葉はその芝居の到る所にあって今日の我々がそれを別に奇もないものと受け取るならばそれは人間というのが必ずしも人間の扱いを受けない野蛮の状態から遠ざかり過ぎているからである。そして序でに人間というものの価値も忘れているのか。併しシェイクスピアが生きていたのが如何に劇の黄金時代だったのでもこの人間を人間と認めるということの点でシェイクスピアの芝居は他の劇作家達のと明確に区別することが出来るものでその他の劇作家達に就て一様に言えるのが今日の我々にはただ残忍としか思えない残忍である。シェイクスピアがその初期に書いたタイタス・アンドロニカスのような人物が出て来る芝居にもそれはあると言える。併しそれでこの芝居が極く初期のものであることが解るのでそれが他のものとの合作でないという証拠もまだ提供されていない。

それで野蛮というのが文芸、美術の類の発達と両立するものであることにもう一度戻ってシェイクスピアと名声を競ったジョンソンでもウェッブスタアでもその他どの劇作家を取ってもそれが書いたものを離れてその人間と付き合って見たいと思うのは難しい。それが又その書いたものから受ける印象でもあってどれだけの効果が舞台で収められるのであってもその効果を収めるに至っていると認められるものが前に挙げた残忍、無情、或は寧ろ乱世ならば人に呑み込み易い人間というものに対する一種の否定であって例えばベン・ジョンソンの喜劇はその喜劇という形で人を動かすものを持っていてもそこには笑いがない。ジョンソンがシェイクスピアに古典の知識が乏しいことを非難したのは古典学を修めるだけで人間が充実しないことの一例であるがジョンソンもシェイクスピアの最初の作品集がその死後に出た時はその冒頭に賞讃の詩を書いている。シェイクスピアはその生前に優しいシェイクスピアで通っていて文明は優しいもの、或は少くとも角が取れたものである。

そのことからどうしても又エリザベス一世のことになる。この女王の治績がその政治家としての手腕をもの語るものであることは言うまでもないことでその手腕が人間というものに対する認識から来るものだったことはこれも政治の領分では当然である。併しその生前にこの女王が英国の国民の熱狂的な支持を受けてそのことに最後まで変りがなかったことに就ては政治の域を超えるものが感じられてシェイクスピアの優しさと同じものがそこに見られる。この二人がいたのはまだ血《ち》腥《なまぐさ》い時代だった。その間に英国海峡を越えた大陸の方でどういうことが行われていたかここで改めて述べるまでもないことで英国の国民が通って来たのも幾世紀にも亙る血腥い時代だった。その時に一人の優れた人間が人間の優しさを一応は女のものであることになっている優しさに合せて示してその施策が常に当を得ているならばこれがその治下の国民に及ぼす影響は例えば一人の有能な宣教師が蛮地われて、ナチスの狂気の対象になるのではその反対の効果しか収められない。

もし野蛮の状態にある地域を蛮地と呼ぶならば蛮地だったヨオロッパの所どころにシェイクスピアやエリザベス一世、或は殆ど同時代の人間でモンテエニュ、少し遡ってエラスムスのような先駆者であるよりも既に文明の人間であるものが現れて文明に向う動きを生じるきっかけになるというのが一般には触れられることがないヨオロッパの歴史の一面である。どの文明でもこれと同じことが行われるに違いないがギリシャ、ロオマの文明はそれ自体が既に亡びて日本や支那のに就てはいつ野蛮の状態を脱して文明に達したかその状況を調べる手掛りが既にない。モンテエニュの父親はその子供達に自分の考えで一種独特の教育を施して朝起す時にも叩き起すというようなことをしなくて音楽を奏することで目を覚まさせて又早くからモンテエニュにもその妹にもギリシャ語とラテン語を学ばせたが途中から自分がやっていることが恐くなって子供の教育を当時の厳しいものに戻した。それで妹の方が成長して嫁に行ってからその夫の友達が夫の所に来てギリシャ語で女郎屋に出掛けようと誘うとこの女が怒ってその友達を家から追い出したという話が伝えられている。こういうことは当時では全く例外のことだった。併しモンテエニュの父親の思い付きは実を結んでモンテエニュの *Essais* は広く読まれてその影響はシェイクスピアやベエコンにも及んでいる。

ルネッサンスが文明だったとは言えない。それ自体が極めて曖昧な観念であるが大体の定義に従ってこれをギリシャ、ロオマの文明の復活による文芸、美術、科学の発達、又その上での人間というものの確認と受け取るならばその人間の確認というのは寧ろその文芸や美術の形を通しての人間というものとこれに出来ることに対する陶酔だった感じがしてその人間である資格は天才とか芸術家とかいうものの特権だったという印象を受ける。ラブレエが田舎にいてパリまで戻る旅費がなくて困っている時に一計を案じて三本の壜に水を入れて国王に飲ませる毒薬、女王に飲ませる毒薬、皇太子に飲ませる毒薬と書いて宿屋の部屋に置いた所が宿屋の主人が驚いて警察に通報してラブレエはパリまで無料で護送されてその時のフランス国王だったフランソア一世にその機智を褒められたという話はラブレエがフランスの宮廷でも知られた文章家だったからのことである。ただの人間が人間であることを認められるにはそれから二百年後の十八世紀まで待たなければならなかった。ルネッサンスの盲目的な摸索とも言うべきものがまだ文明の域に達していない。ラブレエの二篇の大作にもそれが感じられてその豪放な淫蕩、或は血気盛な哄笑は人間の解放という言葉を用いるならば確かにその方向を目指すものであっても文明は人間の解放でなくて不当な制約から解放された後の人間の問題である。この点からダ・ヴィンチとミケランジェロの絵を比較することも我々に許されて何れも優れたものであることは疑いの余地がないが例えばミケランジェロの創造されたばかりのアダムにも人間に対する陶酔、従って人間を解放する情熱が込められているのに対してダ・ヴィンチの絵はそのどの絵も既にその域を脱している。これは人間の解放というようなことよりも人間が空中を飛ぶ機械を工夫して高山から雪を取って来て夏の暑い日に町に降らせることを考える人間だった。そこには既に人間が人間である時に何をなすべきで又何が出来るかという文明の問題がその姿を現している。それ故にダ・ヴィンチの絵はそれが聖母でも聖徒でも酒の神でも人間というものを熟視したものでその視線は人間の精神の世界にまで届き、そこで眼に映るものが絵の人物の表情に異様とも感じられるものを加えている。もし当時のイタリイに文明の人間を求めるならばそれはダ・ヴィンチであるがダ・ヴィンチも自分がいるのが文明の世界でないことを知っていた。

ルネッサンスの後を受けて野蛮から文明に向う動きを推進したヨオロッパの君主の一人にフランスのルイ十四世がいる。その初期にこの国王の頭にあったことはフランスの栄光と帝王の神権によってその栄光をフランスに与える役割を負わされた君主である自分ということだったようであるがフランスの栄光ということはフランスを強大にすることを意味し、これは国政と制度の改革に直接に繫って人間から不当な制約を除くということを言うならばこの時期にこの国王がなし遂げたことにも特筆するに価するものがある。併しその為にルイ十四世が登用した人材、コルベエル、ルウヴォア、ヴォオバンその他との関係を見るならばこの国王は君主の資格を神に与えられた自分とその君主の仕事をする人間である自分を明確に区別していたことが解って自分の部下は自分とともに仕事をする人間だった。ヴォオバンは築城術の権威でその晩年に聊《いささ》か常軌を逸した税制の改革を進言して失脚したとするのはサン・シモン辺りが流布したに違いない全く事実無根のことである。併しヴォオバンはかなり気難しい人間だったらしくてその晩年に友達の一人を貴族に列することをルイ十四世に望み、それをルイ十四世は貴族というのが重い身分であるからという理由で断った。そうするとヴォオバンは今日は仕事がしたくないからと言っていきなり会議が行われている部屋から出て行き、その後にルイが手紙を何度やっても現れず、しまいにルイの方で譲歩してヴォオバンの友達を貴族にした。

又ヴェルサイユの宮殿の構内には誰でも入って行けてこの仕来りはフランス革命が起るまで続き、そこの庭園にいる時にルイ十四世が誰かを見掛けると必ず会釈した。それはそこで仕事をしている庭掃除の女達にもでそれをルイは自分が国王であるからということよりも自分の為に働いてくれている人達だからと考えたことはその状況を伝える記事から察せられる。一体にこのブルボン王朝の国王達というのは人間であることを排するまでに国王の威厳を気に掛けることがなかったらしくてルイ十四世の祖父に当るアンリ四世に就て残されている話では或る時この国王が狩りをしていて森の中で一人の百姓に出会った。その百姓は国王がその辺にいると聞いてそれを見に来たということでそれでアンリ四世は自分の馬の後に乗って付いて来れば国王がいる所まで案内すると言った。そして途中で百姓がどうすれば国王を他のものから見分けることが出来るのか聞くとアンリ四世は国王の前では皆脱帽しているから帽子を冠っているのが国王だと答えた。それで狩りの一行が集っている所まで来ると皆脱帽してアンリ四世の後にいる百姓は国王にどうもその国王というのは貴方か自分のどっちかでしかないようだと言ったというのである。こういうことが繰り返されているうちに一つの社会が文明に向って行く。併しアンリ四世は英国のエリザベス一世程は洗練された人間、従って政治家でなかった。

人間の解放がそのまま人間が人間であることにならないということを念頭に置くことが文明というものに就て考える上で大切である。勿論この解放という言葉は第二次世界大戦から今日に至るまでの間にその時の都合次第で濫用されて現在ではどういうことを指すものかその見当さえも付かなくなっているがここでは人間から不当な制約を取り除くというその本来の意味でこの言葉を使っているのである。これに即すれば中世紀にヨオロッパの各地で凄惨を極めた百姓一揆も人間の解放を目指したものであり、その後に実現した貴族と教会の特権の剝奪は人間の解放を目指したものでなくて人間の解放だったのであっても中世紀も十六、十七世紀も文明の状態に達していたのでなかった。これは当然の話であって人間であることに苦労してその観念も見失い勝ちのものが人間であることと自分というものを一つと見ることは難しい。中世紀の英国ではアダムが耕してイヴが紡いでいた時に誰が身分がいい人間だったかという意味の俗謡が行われた。これはそのことに気付いただけのことでこれが常識になるまでには時間が掛った。

解り切ったことのようで今日に至るまでまだ混迷が続いているらしく思われることに身分の相違というものが人間が人間であることを少しも妨げるものでないということがある。その今日に至るまでの極端な一例に我が国ではまだ男女が平等であるということが男女が同じであるということと取り違えられる場合が珍しくない。もし同じならば何故その区別があるのか。併し身分というのは男女の区別程も本質的なものでなくてそれは自在に取り換えられるものであり、そのことがあって身分は必要な時にその時に応じて演じる一つの役割になる。それが常にそうだったのではない。殊にヨオロッパのように上層が他所《よそ》から侵入して来た征服者、その下に立つものが原住民ということから出発した社会では身分というのはマルクスが仮定した階級の観念に近いもの、或はそれよりも更に厳しいものになって騎士というのも騎士であるものがまだそうでないものに任意に授けることが出来る筈の一つの資格でありながらこれになれるものは征服者である上層の出のものに限られていた。この資格には下のものに対する生殺与奪の権とも見られるものが伴っていたのである。

昔の日本の武士もそうだったと考えることはない。尤もこれはどの位昔かの問題でもあって初めはこれは文字通りに武力によってその上に立つものに仕える武人だった。従って鎌倉時代、或は戦国時代の武士が乱暴を働くことは武士というものよりも戦乱というものの状況から理解出来る。これが収って既に織豊時代にも武士であるから勝手に振舞える訳ではなくなり、江戸時代に至って武士が一つの身分であることが一層明かにされる。その特権というものはなくてそれがあったと思うのは藩主とか藩士とかの当時の役人と武士というものを混同しているのである。江戸時代にも武士がその下のものに対しては斬り捨て御免ということに表向きはなっていた。併しこれを行使することは自分の命を賭けてのことだったので光圀《みつくに》の時に既に水戸で下男を斬ったものが切腹を命じられている。又武士、或は士が確かに或る倫理観には支えられていてもそういう一つの身分であるのが紛れもないことになった江戸時代の後半が丁度ヨオロッパの十八世紀に当っている。

身分は取り換えることが出来て武士が町人になるというのは珍しいことでもなかった。併しそのように表立ったことでなくても身分というのは殆ど刻々に変るもので我々がどこか町の食堂に入れば客である資格でそこの給仕に対して目上であってもその食堂の外で同じ人間に出会えば目上も目下もない。又我々が何かの拍子に給仕になった食堂に前は給仕だったものが客になって来るということも少しも考えられないことではない筈である。そのことが徹底しているかどうかが文明の一つの尺度であって身分というのがそういうものであることが解っていればこれに拘泥することもなくなる。そしてその後に残るもの、又そこから文明が生じるものが人間と人間の関係でそれでホレス・ワルポオルは年取って段々言うことを聞かなくなって来たお雇いの植木屋に退職金を出して止めて貰おうとしても植木屋の方で旋毛《つむじ》を曲げて止めないのに手を焼いた。又ギボンが死ぬ直前にそのフランス人の従僕に言った Je suis plus adroit que vous というのも対等の口の利き方である。日本の武士ということ、又江戸の文明が丁度ヨオロッパの十八世紀の文明と時間的に一致していることを言ったが誤解されることはなさそうであっても日本の文明が西暦の十八世紀に始ったのでないことは改めて断って置くべきであるかも知れない。我が国に身分が違うから人間までが違うという種類の考え方は歴史が遡って行ける限り曾てなかった。例によってこれは仏教の影響というようなことになるだろうが何故もっと直接に日本が既に文明の状態にあった為と見ることが出来ないのだろうか。竹取物語の文体にそれが既に感じられる。或は万葉集に出ている天皇が一人の娘に向って自分は天皇なのだと名告《なの》る歌を思い出してもよくてこれはヨオロッパ風の、或は曾てのヨオロッパ風の威圧から凡そ遠いものである。併しそういう例を挙げて行かなくても我々というものの背景をなすもの、要するに我々のうちに生きている日本の歴史に即して事態は明白である筈でヨオロッパではと説かれるのに戸惑いさせられて我々は自分の国までヨオロッパに擬し過ぎて来た。

　併し日本と違ってヨオロッパではその野蛮が文明に向って行く径路が歴史に照して辿れる。その歴史を漁っていると初めは誰か優れた人間に率いられるか或はそういう人間がいなくて混乱に陥っている大衆とか民衆とかでしかないもの、幾ら文献に眼をさらしてもそうとしか見えないものが先ず優れた人間とそうでないものの統治者と統治されるものの関係を脱し、そのような優劣も許容する個人の集りである社会に次第に変って行ってその社会が更にどうなるかでなくてその社会での暮しというものが生じて個々の人間が人間らしく振舞うことになる有様が一種の喜び、或は安心を伴って納得される。勿論これは文明の後に何が来るかということを一切省略しての話である。併し文明の後に何が来るのか。歴史に照せば後は滅亡とやり直しである。

V

枕草子のどこだったか今は忘れたがそのどこかに清少納言が宮仕えをすることになってから間もない頃に少納言が仕えている女御だか何だかの若い兄弟が皆がいる所に訪ねて来て少納言が恥しがって扇で顔を隠すと綺麗な扇だと言ってそれを取り上げる所がある。清少納言というのが美人だったのかどうか、或は美人というのが常に変る観念であるからそれならばその当時の観念に従って美人だったのかどうかは解らない。併しそのことを余り聞かないから例えば小野小町程の伝説的なものではなかったのだろうと思われるが女が扇で顔を隠すと男が綺麗な扇だと言ってそれを取り上げるというのはそこの所を読んでいるとその場面が眼に浮ぶ。英国のエドワアド三世が宮女の一人が落した靴下止めを拾って自分の足に締めて宮女の恥を雪ぐというようなのと同日の談でなくてそこに洗練があり、この洗練を我々は文明と呼ぶ他ない。併しそれは当時の日本では極く一部のことでというのが今気違いとでも称する他ないこの頃の習癖が取る形の一つでそのことにもこの頃というものに付き纏う或る種の荒廃が見られる。

極く一部のことでということの反対は誰もがその洗練とか文明とかいうことに与えることでなければならなくてそのようなことは語の定義からしてあり得ない。それならば今日はどうなのか。その現状でも或は寧ろいつの時代でだろうと人間に望み得るのは誰にでも洗練された文明の人間である余地が残されていることでそれさえも必ずしもあるとは言えなくて我々に後何十年かしか生きる見込みがないことが解っている時に誰もがというその状態は考えるだけ無駄なことである。又それはその状態を男女平等とか言論の自由とかいうないよりもあった方がいい類のことと混同していることでもあって法律の上からも男女平等でなくては困るだろうが洗練や文明は法律の領分でも問題になることでない。或る時代が文明であるというのはその時代の誰にでも新古今和歌集を撰進することが出来るということでなくてその域に達してこの仕事に着手することを許す数だけの人間が確実にいることと、それ故に又その仕事の価値を疑うものがないことなのである。又そのことはその域に達していないものにも及ぶことを免れない。

昔、或は或る任意の期間以前の時代を一種の桃源郷と見るのでなければアメリカによる日本の占領中に流行した言葉をここでは借りて封建的、国家主義的その他で片付けるのはその何れもその昔と今というのが全く便宜的な分類であってこの二つが言わば地続きであることを忘れているのである。それはどのようなことにも増して現在を見る眼を曇らせるのであるよりもその働きを止めるのでその為に今というのが見当も付かないものになった時に昔でも今でも人間が人間である状態にあることが語られているのに出会うことが今と昔に我々を連れ戻してくれる。幕末の老中だった阿部正弘の所に蝦夷《えぞ》で狼に襲われて役人が死んだことの報告書が提出された時に正弘はそれを書き直すようにと命じて同じ趣旨の書類が改めて出されてもそれももう少しよく考えて書き直すようにと繰り返して却下した。それで係のものが思い当ってその役人が病死したと書いて出すと正弘が始めてそれを取り上げたのは狼に襲われてというのでは武士の面目が立たないというので家の断絶を免れなかったからである。

このことを書いていて付け足す必要があるのを感じたのは文明であるというので一種の別天地が出現するのではないということである。これは人間があるべき状態、或はその唯一のものであってその状態にあることで人間が狼に襲われたり自動車に轢かれたりすることがなくなる訳ではない。一九一二年にスコットの探険隊の一行が南極大陸でも珍しい悪天候に見舞われ続けて南極に達しての帰途、隊員の一人だったロレンス・オォツが病気に掛って帰りを急ぐ一行の足手纏いになるばかりであることを知ると直ぐ戻って来るからと言って天幕の外で荒れ狂っている吹雪の中に出て行ってそのまま戻って来なかった。ただそう言って出て行ったのはそれ以上のことを言うのが仲間を傷けるだけのことだったからである。又仲間もそれを知っていてオォツを止めなかったのはそうすれば一行が全滅することになることが解っていたからである。そこにはスパルタ人の寡黙とは別個の性質のものが窺える。又この一行はそれでも全滅してスコットによるその丹念な記録だけが後に残された。

併しそれと同時に枕草子に出て来る話とスコットの探険隊の南極からの帰りでのオォツの死に方が本質的に違った印象を我々に与えるものでないことは言って置きたい。それを違うと思うのは死は壮烈で扇は浅薄でという種類のこれも既定の観念に支配されている結果であって既定の観念というのは固定観念という名称でも呼ばれている。それに縛られているならば考えるということをすることもない。又これは同じことながら必ずしも同じとは見られていないようであるから言い直すならば感じるということをすることもなくてそれは寧ろ出来ないことなのであって頭が生き生きと働かない時に何かを感じることが出来ると思ってもそれは無理である。そうした観念、偏見を脱して始めて人間が人間の形をして眼に映るので今からどの位前のことになるのか尾崎行雄がメッテルニヒを攻撃するのが名目の演説をするその立て看板が出ているのからメッテルニヒというのが誰だろうと悪い人間なのだと思ったものだった。そういう立て看板の演題では誰でも悪い人間、従って人間でないものになる。或はそこではそう思わせることが出来る。併しナポレオン時代にオォストリアの宰相だったメッテルニヒの治績はその好敵手だったフランスのタレイランのに劣らないものがある。

そのことがここで言いたいのではない。それよりもこの名宰相に一箇の人間を感じるので或る時ウィインで群衆がパンを寄越せと叫びながらシェンブルン宮に向って来るとその音に廷臣の一人が震え上ってあれは何なのか聞くとメッテルニヒは民主主義者達によればあれが神の声ですよと答えたそうである。もし神というものがあるならばそれが神の声であることはメッテルニヒも知っていた。又自分が人間であることも知っていた。そこにメッテルニヒが見抜いていた政治というものの本質がある。併しここでは政治の話をしているのでなくて何れにしてもメッテルニヒの政治上の功罪に就て語るのは我が国でも政治の観念が確立し、その政治というものに就て真面目に考えることが普及する日まで待つ他ない。又そういうことをしなくても王宮を脅かす群衆の声を神の声と説く機智は理解出来てそれと同じ時代にナポレオンの下で外務大臣だったタレイランがいつもその部下に et surtout pas de zèle と言っていたのに匹敵する。これを何よりもむきになるなとでも訳すべきだろうか。その時代にはまだフランス革命以来の血の気が多い人種がいたものと思われる。

ヨオロッパの逸話に類するもので政治に繋るものが珍しくないのは考えて見れば当然のことである。それで今日の我が国での政治の欠如、或は政治がないということはあり得ないのであるから政治というものの一般的な観念の欠如にもう一度だけ触れるならば政治に関心があるとかないとかいう言い方が現に行われること程これを端的に示すものはない。どこでだろうと人間の集団があってこの集団の間で起ることを免れない動きが政治である時にその集団のことが頭にある限り政治に就ても考えざるを得ない筈である。併しそれでもその政治に関心がないのが寧ろ普通のことに見られているのは政治というのが何かそれとは別なものを指している為としか思えない。又事実その政治というものであることになっているのは凡そ人間も政治も無視したことばかりでそれで革新陣営というような全く何を指すのか解らないことがそれなりに意味を持つことに聞える。どうも今日の日本で政治のことを言えばこうして気が立った表現になる。それは政治でないことが政治で通っていることに忿懣《ふんまん》を覚えるからで従ってその忿懣の結果も政治ではない。凡て人間が対象になっていることに必要なのはメッテルニヒにもタレイランにも見られる余裕である。

十九世紀に当時の帝政ロシアの駐英大使でリイヴェンというのがいてこの大使自身は別にどうということはなかったようであるが大使の妻というのが政治よりも政治の部類に属することに首を突っ込んで掻き廻すことが好きな女で英国の政治、外交の方面で迷惑するものが多かった。併しリイヴェン夫人を英国から退去させるには大使の召還を求める他に方法がなくてそうなれば国際問題にまで進展する。それで当時の英国の外務大臣だったパアマストンがロシア駐劄《ちゅうさつ》の英国大使を召還して後任を任命しないで置くとロシア皇帝が失礼であると怒って自分の国の大使を召還し、こうして英国の政界その他はリイヴェン夫人の難を逃れた。その後でパアマストンが新たにロシア駐劄大使を任命したことは言うまでもない。尤もこのリイヴェン夫人というのは面白い女でロシアに戻ってから何年かしてその夫と離婚してフランスに移り、そこでも好物の掻き廻しを始めてナポレオン三世に国外に退去することを命じられたが暫くして許されてパリに戻るともう掻き廻しはやらなくなった代りに一廉《ひとかど》の名士に立てられてどこにでも出入りし、そのうちに歴史家で政治家のギゾの情人になって平穏にその一生を終えた。誰かが何故ギゾと結婚しないのかと聞くと私がギゾ夫人と呼ばれても構わないのですかと答えたという話がある。この女は確かPrincesse de Lieven と呼ばれていた。

現行の我が国での慣例では政治の話は固苦しいものであることになっていてその次にはもっと砕けたことを言うことが求められる。それならばリイヴェン夫人の後半生のことがそれに相当することになるが政治とか政治の話とかが固苦しいものであるというのは明治以後の日本に限られたことのようであって恐らくは当時の眼に角を立てての政治論からこの見方が生じたものと思われる。併しグラッドストンが英国の下院で丁度そういう調子で政府を攻撃する演説をした後でその時の首相だったディスレエリは立ち上って自分の前の卓子を指すとグラッドストン氏と自分の間にこの卓子があってよかったと言ってから答弁に移った。或はもっと最近の話ではチャアチルが在職中に野党の党首のアットリィがチャアチルにもっと下院というものを尊敬して貰いたいと言うとチャアチルが神と英国の下院のように自分が尊敬しているものはないと弁解したのに対してアットリイはそれならば少くとも貴方が神をもっと尊敬なさることを望むと言っている。

清少納言と阿部正弘とスコットの探険隊の隊員とメッテルニヒ、タレイランその他を並べてそれが同じ人間の世界の人間である感じがするのを妨げるものがあることから政治が固苦しいものだったりそれに関心があったりなかったりすることも生じるものに違いない。それは我々が知らない人間に会ってその職業が先ず気になるのと軌を一にするものと思われるが人間がどこでだろうと人間であることを疑いの余地がない形で我々に教えてくれるのがその人間というものを感じることである。マルクスというのはどうにも付いて行けない人間であってそれを長い間その著書の訳文が悪文である為と考えていた。それならば原文で読めばよさそうなものであるが訳者が違っても訳文が同じ印象を与えるのは原文がその種類の文体で書かれたものなのだということに思い当って原文に即してそれが所謂、悪文の名文であるかどうかを確める所まで行く気をなくした。それからもう一つマルクスを読む気をなくさせたのはその著書で描かれている社会が十九世紀のヨオロッパに多くの点で当て嵌るものであり、その限りではマルクスがその弱点を正確に指摘していてもその社会がマルクスが提唱したのとは違った方法で既になくなっているということである。或はもう一つ挙げるならば或る別な人間の本を読んでいてそこで十九世紀の経済学者に認められる共通の欠陥は経済学と哲学を混同していることにあるという観察に出会ったことだろうか。その通りだと思ったのである。

併しこれではマルクスと人間の問題を離れるばかりである。又それはマルクスがどこか不具な人間だったという印象を与えるのと結び付くことでもあるがマルクスに興味を一応なくしてから誰だったかが書いたその伝記を読んだことがあった。その大部分はここでは用がないことでマルクスが先ずヘエゲルの哲学から神を除くことを試みることから始めたというようなことは前に挙げた十九世紀の経済学に就ての一般論を裏付けるものに過ぎない。それは兎に角かなり分厚な本だったがこれは付いて行ける書き方がしてあって終りまで読んだ。そしてマルクスが書いたものが与えるのと同じ何か不機嫌でいつも苛立っている人間という印象を受けたのであるが一箇所だけ晩年に至ってのことを語っている部分で記憶に残ったのがあった。マルクスはその後半生の三十数年をロンドンで過してその名は既に或る程度知られていてもその時を得たと思われるようなことが遂になくてロンドンでも主にエンゲルスからの援助で暮していたものと推定される。その晩年にロンドンの或る新聞が古今の経済学者を紹介する記事を連載してその十三回目にマルクスを扱ったものが出るとマルクスは妻がそういうことを喜ぶからと言って隣の部屋で長い間病床にあった妻にその記事を見せに行った。それが人間というものである。

その人間ということで気が付いたのであるがマルクスが考えたことを人間の社会に応用した場合の根本的な欠陥はその考えの特色、或は弱点として普通挙げられる唯物論その他にあるのでなくて人間の上に階級の観念を置くことから来るのでこれは失敗した革命と見るものもあるフランス革命で自由、平等、それからもう一つは何と訳すのか、要するにその三つの観念を人間の上に置いたのとその結果の点では少しも変ることはない。マルクスがあると信じた階級というものは当時のヨオロッパには確かにあってマルクスがいた英国にその手近な例は幾らでも認められた。又フランス革命の自由や平等は人間にとって欠かせないものである。更に又人間というのも人間に就て考えている時は一つの観念であってもそれならば人間というのはその上に他の観念を置くことが許されない観念なのである。そうすると神の観念はどうかということになるのだろうがヨオロッパが中世紀の状態を脱して文明に向ったのは神の観念が何か人間の上にあってこれを支配するものでなくなってこれとともにあるものに変ってからのことでこの人間とともにある神の徹底した例が回教に見られる。

T・E・ロレンスの *Seven Pillars of Wisdom* にこういう話が出て来る。まだロレンスがアラビアでの行動を起していなくて大英博物館から近東に派遣された調査隊に加って遺跡の発掘に従事していた時に或る日その余暇にロオマ時代に沙漠に出来た宮殿の廃墟にアラビア人に案内された。それはアラビア人達の間の伝説では或る君主がその妃の為に沙漠に建てさせた離宮ということになっていて煉瓦作りだったがその煉瓦の粘土は水の代りに薔薇、素馨《そけい》、菫その他の花から取った油で練ったもので部屋毎に違った香りの煉瓦が使ってあった。既に廃墟であっても案内のアラビア人達はこの部屋は何の花と区別することが出来てそのうちに今度は一番いい匂いがする所ということでロレンスが連れて行かれたのが東側の今は窓の枠だけが残っている壁でそこから沙漠の全く空気であるだけの風が吹き込んで来ていた。それを胸一杯に吸ってロレンスに何の匂いもしないから一番いいのだと言ったアラビア人達は神とともにある人間の一例であるとともにその上にはどういう観念も置かれていない。又置かれることをこの人達は許さないでいる。

それ故にアラビア人というのは自由でもあり平等でもあってその間で階級というようなことは意味を持たなくてアラビアという少くともヨオロッパよりは古い文明の伝統がそこに現に生きているのが認められる。我々がアラビアに就ての文献を漁っていていつも何か爽快なものを感じるのはその為でそこでは君主、豪族、盗賊が如何に悪虐無道に振舞ってもそれは人間が悪虐無道に振舞っているので帝王神権説と言ったものは顔を出さない。それ故にアラビアの物語では回教徒の君主が気が向けば何にでも変装して町に出て行くので極貧の漁師と着ているものを取り換えて蚤や虱《しらみ》に悩まされるのをその身分を知っている漁師にからかわれてその洒落が旨いと言って機嫌を直す。その頃のアラビア人にも神は荒涼たる沙漠の広さのようにただそこに隈なくあるものだったのでそれはどこか上から人間の行動を監視しているものではなかった。併しそうして神とともにあるならば人間の身分というようなものはただ身分であることに止るので更にそれが身分であるからいつどう変るか解らないこともその中に含まれている。

この観念が行き渡っていることもアラビアの世界にその広さを与えてやはりアラビアの

物語で乞食が曾てはどこかの国王だったというその身の上話を始めても我々はただそういうこともある筈と思ってその話に釣られて行く。それで再び自由、平等の観念に戻って自由とか平等とかが観念の形で人間の上に置かれる時にそこに出現するものは断頭台しかない。併し丁度その頃に作られた今日のフランスの国歌に就てその第一節を読んで見るならばそこで歌われているのは妻子や田畑を敵から守るということだけであってそれで自由ということも意味を持ち、それは守るにも又その為に挺身するにも価するものになる。フランス革命で始った自由とか平等とかの観念の先行ということが消えてこの国歌が残ったとも言える。又それ故に人間は人間であることを守る上で一つの、或は幾つかの観念の為に挺身する場合が生じてもそれはその観念に奉仕することにならない。ナポレオンが時々使った ideologue という言葉はただもう観念に奉仕する人間のことを言うのである。

そのナポレオンというのがこの人間という点から見て不思議でならない。前にも何度かナポレオンに触れて来たのであるからやはりこれがどういう人間だったかに就てまだ自分にとってどこか納得が行かないものがあるのに違いなくてそれは結局はそこに認められる矛盾をどう受け取るかということに帰するようである。これが稀代の名将であって又その戦功がヨオロッパの既に役に立たなくなった各種の制度に致命的な打撃を与えるに至った点で大政治家だったことは疑いの余地がない。これはそうした打撃を蒙らされる必要がなかった英国だけがナポレオンの終生の敵で遂にこの敵にナポレオンが倒されたのであることでも解る。又それだけのことをして置いて後半はフランスに帝制を布くことで自分の王朝を確立するとかヨオロッパ全体に皇帝の資格で君臨するとかいう野望に駆られたと思う他ないことをしているのは勝利者というものが辿る径路として珍しくはない。併しナポレオンがしたことから切り離してナポレオンというものを考える時にそれが如何にも小さいという印象を与えるのがどうにも腑に落ちないのである。ナポレオンが怒り出した時はひどいものだったらしい。これも大人物と呼んで差し支えない人間に珍しくないことである。

併しナポレオンがスペイン国王に自分の兄のジョゼフを据えてウェリングトンが率いる英国軍の侵入になり、その戦況が不利でナポレオンは単身パリに戻って来た時その思惑外れもあってテュイルリイ宮に閣僚を呼び集めるとあることないことを並べ立てて何時間も喚き散らした。これはどう考えても小人がすること、又行き届かない暴君がすることである。その時の外務大臣だったタレイランもその場にいて部屋の柱に寄り掛ったまま終りまで黙って聞いていてからそこを出て Quel dommage qu'un si grand homme soit si mal élevé、あれ程の人物があのように無躾けなのは残念なことだと言った。これがナポレオンでなくてもタレイラン程の人間にそういうことを言われればおしまいである。或はフランスとロオマ法王庁の間に協定を結ぶのに就てナポレオンが時の法王のピウス七世と直接に交渉していて何かの点で法王が譲歩しないのでナポレオンが怒ってそこにあった花瓶を壁に投げ付けて壊して法王にComediante, tragedianteと言われた話は有名である。これは芝居は止めなさいとも訳せる。

そしてその軍隊は陸続きである限りヨオロッパ全土を席捲した。これは小人に出来ることではない。又その後のヨオロッパが二度とそれまでのヨオロッパに戻らなかった点でナポレオンは結局はフランス革命の目的を貫徹したと言える。そうすると人を動かすことが大きくてその数が多いだけその人間自身は小さくなるということがあるのだろうか。それでもう一つ思い出すのは今日のシンガポオルの創始者で当時の東インド諸島全体の開拓に非常な貢献をしたスタンフォオド・ラッフルスが大西洋を通って英国に帰った時にセント・ヘレナ島に船が寄港してラッフルスがナポレオンに会い、その際にナポレオンから純然たる悪（pure evil）の印象を受けたとその日記に書いていることである。これもどういうことなのか。ラッフルスはナポレオンが長い間英国を苦めたからというのでその相手に対して敵意を持つような人間でなくて実際には尊敬の念があったからこの会見を申し込んだのである。そのラッフルスをナポレオンは失望させている。

併しナポレオンはゲエテに会ってこれが言わば人間の中の人間であることを見抜いた。Voilà un hommeというのは単に若い頃に愛読した作者に対するお世辞に思い付ける言葉ではない。又ゲエテもナポレオンから悪い印象は受けなかったようでその証拠にナポレオンをナポレオンと見て宮廷の儀礼に反して無断でその部屋から退出している。ナポレオンのように図抜けた人間、従って人間に与えられるものに図抜けて恵まれているものはその欠陥も並外れているのであるよりはその才能が働くのに任せるのと同様に欠陥の方もそのまま放置して顧みないでいるということが考えられる。そこに一箇の自然児がいるということになるのでナポレオンが反省している図は想像出来ない。又それならばセント・ヘレナ島で破壊する能力の使い道がなくなったナポレオンがただ悪という風にラッフルスに感じられたことも我々の理解を越えたことでなくなる。ナポレオンがその配所でも反省というようなことをしなかったことはそこでモントロンに口授した回想録を読んでも明かである。

ナポレオンがその宮廷、或は家庭でどれだけの小人振りを発揮したのだろうと寧ろ我々はこの天才の治下にあった間のフランス人の陶酔というものを思うべきである。フランス人はgloire、栄光という言葉、従って観念に特殊な愛着を持っている。それは一切のことに及ぶもので優れた詩人であることも軍人であることも、或は数学上の発見も美術上の傑作を世に与えることも凡て栄光を得ることであってそれが結局はフランスの栄光をそれだけ大きくするということに帰着する。これはその理由というようなことを越えて全く伝統的なものであってルイ十四世の考えを支配していたものも少くともその晩年の老熟に達するまではこのフランスの栄光ということだった。単にフランス軍がライン河を二度越えてドイツに対して勝ったということだけでカイサルは一度、ルイは二度という意味のラテン文の記念碑が作られた位である。それ故にこのことを更に追って行けばフランス人の自分の国に対する特殊な愛着ということになってそれはその栄光という形を取るものであり、その栄光、又それに対しての陶酔はナポレオンが現れるに至ってその絶頂に達した。そこには詩人であることの栄光は軍人であることのに比べてというような区別はない。ナポレオンの軍隊は全ヨオロッパで無敵だった。ナポレオンは Moniteur という政府の機関新聞以外は新聞の発行を許さなくて情報は全く統制されていたから例えばパリの市民はどこかで戦闘が行われたことを聞いていてもその結果を知らずにいるとそれがマレンゴ、或はヴァグラムの勝利だったことが発表されると同時にその埃に塗れたフランス軍がパリに入って来る。それはそうした仕掛けであってこの仕掛けによってフランス人の夢が適えられた。

ワアテルロオの大敗に際してもナポレオンの近衛師団はその反対に勝利を予想して翌日はベルギイのブリュッセルに勝利の行進をする為に新しい軍服をその背嚢に入れていた。それで改めて思い出すのがそうした性質のものだったナポレオン戦争というものがフランスに何の利益も与えなかったというチェスタアトンの指摘である。その通りに栄光は利益と関係がないものである筈でもしそれを伴うならばその二つを分離しなければならない。ここで実質ということを言うならばナポレオン戦争はヨオロッパというものの性格を一新した。その為にフランスが敗れたのはもしフランスが勝利者で終ったならば破るべき旧弊がその形で残るのを免れなかったからである。それ故に敗れたこともフランスの栄光だったのでフランス人はそのことを知っている。今日パリの町を歩いていると町の半分がナポレオンという人間だという感じがする。それは凱旋門とアンヴァリイドの丸屋根の為だけでなくて町の名がナポレオンを語り、その肖像が店の窓から覗いている。そのどこかでナポレオンという人間の矛盾も消えているのである。

ナポレオン戦争というもののことを考えていると性格が同じであることで大東亜戦争のことに思い及ばずにいられない。確かに違っている点は幾らでも挙げることが出来て先ず指揮者の質が比べものにならない。ナポレオンは泥から元帥を作ったと言っている。この泥は有象無象の人間という意味でそういう出のものでもナポレオンの下には名将が幾らでもいた。又栄光というような観念が大東亜戦争を進めた上層部にあった訳がなくて我が世の春の思い掛けない訪れに酔っている感じだったのを今でも覚えている。又戦争の進め方もなっていなくてそれでよく四年、或は日支事変から数えるならば十何年も戦争が続けられたものだと思う。それが出来たのは我々国民がこれを支持して戦ったからである。この戦争が上層部が企んだことで国民はいや応なしにそれに狩り出されたというのは戦後にアメリカの占領軍が流布させた都合がいい神話であって神話であるよりも一方的に押し付けた迷信である。我々がいつまでもそれに義理立てしている必要はない。そしてここでもう一つナポレオン戦争との違いを挙げるならば我々国民も栄光ということを考えず上層部の反対に戦勝に酔いもせず又これはナポレオン時代のフランス人の反対にいい思いを一つもしなかった。ただ一つ我々の頭にあって戦うことを辞さなかったのはアジアの不均衡ということである。この戦争に勝ったのがアメリカ側だったということもあって我々は今では戦前のアジアの状態というものを完全に忘れている。併しその状態を変えたのは我々と我々が起した戦争なのである。

もしあの戦争がなかったならば今日の中共もインドもビルマもと並べるまでもないことで要するに今日のアジアはなかった。それがいいことか悪いことかというようなのは論外のことであって不均衡を感じればこれを是正しなければならない。その曾てのアジアをその状態に置くのに我が国も大きな役割を演じたというのは我々がその不均衡を感じることになった理由の一つであって他の外国がしたことは兎も角支那の各地にあった日本租界を歩いていてそれでいいと思えるものでなかった。そうした種類のことを日本の軍部に有利な具合に粉飾して我々は戦争中に散々聞かされたものである。併しその虚偽を我々が見抜いていたことは戦前のアジアの状態までを虚偽にするものではない。そしてそこからあの戦争がナポレオン戦争と同一の性質のものになるのでそのアジアの状態を我々が変えた後に敗れたのは我々が勝利者として残ったならばその形で変るべきものも変らずに残ったからである。

考えて見るとこれも今は昔話である。あの戦争を全く知らずに生きているものが日本の人口の何割を占めているかということを思うと妙な感じがする。又その戦争が凡そ歪曲されて今に伝えられているのが残念にもなるが再びナポレオン戦争がその必要がないことを我々に教える。ナポレオンが倒れてヨオロッパは一応は旧態に復したような外観を呈した。大概のものがその積りでいて実際に何が起ったのか気付かなかったからであるがそれは別としてフランス人でさえもナポレオンの功績を称えるものはなかった。その為の被害が大き過ぎたのである。併し被害というのが埋め合せが利くものであることは我々も知っていて被害を嘆く必要がなくなれば再びものが正確に見えて来る。それとも我々の場合はまだなのだろうか。まだというのは少しも構わないことで時間がやがては凡てを解決する。

VI

前に何か書いていてヨオロッパの中世紀には例えばフランスのゲックランとかシャルニイとかいう実在の人物で勇士として知られたものとロオランとかオリヴィエとかいう伝説上の英雄が区別されることがなかったに違いないということに思い当ったことがあった。又勿論これはヨオロッパとヨオロッパのその時代に限ったことでなくて曾ては言葉というものが或る程度まで発達した段階でどこでもそうだったのだと考えられる。その無智を嘆くのでなくてこれを無智と見るその無智に再び何か荒涼たるものを感じるのである。これは神話、或は伝説と歴史を二つの全く違ったものとするのが歴史というものに対しても凡そ従順でないことなのだということでその辺に歴史を事実の集成と受け取る涸渇した心情が既に萌している。もし或る生物が泥という物質に残した足跡が化石になるという物質上の現象が起らなければその生物が存在したことを認めないというのでその時にそうした心情も泥である。

大地の女神であるデメテエルはその娘のペルセフォネが冥府の王のハアデスに拉致され

て行方知れずになったのを嘆いて世界中を探して廻り、その後に事情が解ってデメテエルの父で天界の王であるゼウスからペルセフォネが一年のうち半年は冥府を去ってデメテエルと過す許可を得るまでは地上の農作物が一切実らなくて世界の人間が飢餓に瀕した。又ウェッブスタアの *The Duchess of Malfi* の女主人公は娘が死んだのに堪えられなくてその遺骸にまだ生きているように話し掛けて既に死んでいると傍のものに言われると自分もそれを知っているのだから黙っていてくれ（never tell me; I know it）と答える。又英国のウィンザア城の礼拝堂にはエドワアド七世の妃のアレクサンドラ女王がその長子のクラレンス公が早世したのを悲んで刻ませた碑文があってそれをここに写すことは出来ない。このうち一つは神話、一つは劇、一つは史実であるが我々に迫って来るものは同じでその時に我々は無用の区別をすることが頭から消えている。

アルカディアは望郷の念と結び付き、その念は望郷ということであることで普遍的であって詩をなすことにもなり、それ故に真実であって真実というものの性格を知らなくて歴史の正体を摑むことは出来ない。そのことに従って考えていいのは我々が真実と認めるのが所謂、事実に限られたことでないとともにその真実が歴史に我々が認めるものでもあることでそれ故にもし人間に就て我々に真実を教えるものを歴史と呼ぶならばそれが神話、伝説、劇その他全く人間の精神から生じたものであってもこれを歴史、或は歴史の一部と見ることが我々に許される。例えば梅若丸の謡曲、或は伝説はデメテエルの神話、或はウエッブスタアの悲劇に出て来る場面と揆を一にするものであるがそれが真実を語るものであることを疑わせないからこれを日本の歴史の一部をなすものと受け取って差し支えなくてこの際に伝統という種類の言葉を持って来る必要はない。どのように歴史と伝統は違うのか。或はミロの美神の彫刻を見てそれが古代ギリシャの彫刻家の作品であることに止るならばそれはこの彫刻を見ているのでなくてギリシャの歴史が現に生きているものならばそれはこの彫刻にも生きている。又既に死んだ歴史というのは歴史でなくて廃墟に過ぎない。

当然従って神話に明るいことはそれだけ歴史に接近することでもあってホメロスの詩に基いてヒサルリクの廃墟を掘り当てたシュリイマンはそのことを知っていた。又その時に廃墟は生命をもう一度得てそれはただの丘とそれまで見えていたもの、或はその下に眠っていたものがそこに人間がいた時と同様に人間に語り掛けることになるからである。それが語ることが神話であり伝説、又その神話や伝説にも自分の世界を見出している人間の世界での出来事であってそのことを発掘した物品に感じなければそれが再びただの物品に戻る。併し神話や伝説と歴史、或は兎に角事実は同じものでなくて更にこれはそのことを無視して一向に構わないことを認めるのを少しも妨げない。寧ろその違いは無視する為にあるようなもので事実が事実以外のことを語るのを封じられる時にそれは単なる事実に過ぎないものになる。我々は聖バルトロメの虐殺の年代を知らされた所で救われないのである。

併し精神と物質の区別は常に付けて置かなければならない。それを昔の人間がしなかったかどうかというようなことはここでは問題でないので確かなのは昔の人間が物質に対する精神の優位と物質というのが敬うべきものであることを知っていたことである。このことの有無に空想と想像力、捏造と創見の違いがあって物質にあり得ないことを物質に押し付けるのは精神の働きも危くすることになる。それ故にオデュセウスがその仲間達とキュクロプスに閉じ込められた洞窟から羊の群の一匹ずつに一人の人間が羊の腹の毛に摑まって脱出する時にオデュセウスはその最後の一匹に身を隠してオデュセウスの計略で既に盲にされているその一つ目の怪物がその羊に触ってそれが自分の気に入りの羊なのでいつも群が洞窟から牧場に向うのにその羊が先頭に立つのに今朝はお前はどうしたのだと言う。そこには腹に摑まっている人間の重みで早く歩けないでいる羊があり、それがその羊であることを手触りで知ったキュクロプスのその羊に対する愛情があって要するにこれは伝説という人間の精神の産物であって人間の世界がそこにある。又それが伝説でなくて詩であるというのは抗議にならなくて詩は伝説にもその真実を求めるものであり、それ故に伝説は詩になり易い。

第一次世界大戦の直接の原因をなしているものの一つに当時のドイツ皇帝だったヴィルヘルム二世が幼少の頃に小児痲痹《まひ》を患って手足が自由には一生動かせなかったということ

がある。併しその体でもドイツの帝位に即く身分であることに変りはなくてその少年時代に乗馬の稽古をさせられるのを見ているのはやり切れなかったとその側近だったものの一人が書いている。又その身分だったから人に引けを取るのが苦痛でその苦痛を味わされているのが一箇の不具だった。又その身分である故に是が非でも人並の人間になるのみならずその上に出たいというその焦りはこの一人の人間を悩ますのに止らなくてそれを抑えるにも名宰相のビスマルクはこの皇帝が到底及ばない人間であることで既に退けられていた。その挙句にヴィルヘルム二世の願望が領土の拡張とかヨオロッパの制覇とかいう形を取った時にそれが軍部に付け込む機会を与えたことは軍部というものの性質を考えるならば別に不思議ではない。

それだけがこの大戦の原因だったのでないのは言うまでもないことである。併しヴィルヘルム二世がドイツ皇帝でないか或は不具でなかったならばこの大戦が起ったにしてもあれ程の悲劇的な形を取らなかったことは確実であってそこに働いているものは一人の人間の忿懣であり、その忿懣から生れた名誉心、増上慢であってそれならばこれはスパルタ国王のメネラオスがその妻のヘレナをトロヤのパリスに奪われた忿懣からトロヤ戦争が起ったのと変ることはない。或はそれよりも重要なことはこのメネラオスの怒り、又ヘレナの美しさ、又アキレスとアガメムノンの軋轢を理解することが出来なければそれから凡その所は三千年後に起った第一次世界大戦も勢力の均衡とか国際市場の争奪とかこの大戦からそれがその大戦だった一切の性格を取り去る我々にとっても聞き馴れた綺麗ごとの繰り返しになることである。この大戦ではヴィルヘルム二世の焦りの他にも英国のエドワアド七世の身を賭しての宥和策、又普仏戦争の恨みを忘れないフランスの民衆、又世界を征服する夢に取り憑かれた一部のドイツ国民、又イエイツ、ロレンスの抗議、ヴァレリイの心痛、マルタン・デュ・ガアルの戦争反対とこの大戦で戦死した何百万かの人間の数倍にも上る人間が動いていてそれを動かしているものに喜怒哀楽のどれかが当て嵌らないものはない。一口に言えばその人間の凡てが神話的な性格、或は神話に出て来る人間と同じ性格を帯びているのである。

これは人間に就て語らない神話は神話でないということであり、従って神話の簡潔な性格を離れた歴史は歴史の形をなさないということでもある。どういう場合にも人間が本質的にその人間に戻って行動する時は神話の簡潔な性格を帯びる他ないからで神話と歴史はこうして一層のこと単に事実にどの程度の介入を許すかの違いになる。所が神話に対しても歴史に対しても我々が求めるものは事実でなくて真実であってそれならば歴史というのはそこに事実がどこまで介入したかを確めた上でその事実に真実を語らせることを目指すものであり、それが神話の場合に事実に相当するものはその神話を生んだ人間の経験でなければならない。デメテエルの神話が出来た時に人間は既に大地が半年は眠っているものであることを知っていた。又親が子を愛するものであることはそれ以前から身に染みて知っていたに違いない。この方は今日では事実でないと言った種類の錯乱は暫く問わないことにしてそれが真実であることに変りはないのである。

神話、伝説と歴史が我々に伝えるのが同じ味がするものであることを是非とも示して置く必要がここに生じる。それはこの二種類のものが同じであることであるよりも我々がそれに求めるものが同じであることなのでそれ故に我々は歴史に就て取捨するように神話や伝説に就ても我々の好みであるよりも人間であることから起る欲求に従って取捨する。これは神話や伝説も歴史も、或は順序で言えば先ず神話に伝説、次に歴史はそれが生じた人間の集団が人間であることに向っている程度に応じた性格を帯びるからで例えば南米の南端にあるティエラ・デル・フエゴの土人の間に行われている伝説は我々の好奇心を唆《そそ》っても興味を惹くことがない。そこから北上して南米、中米の民族の歴史もそうであって更に北に行って北欧の神話では或る英雄だったかが鬼に捕えられて牢に入れられる。そこの番人達は皆女で英雄が自分の窮状を訴えてそこから出してくれと言うと女達は何れも向うを向いて背中に空洞があるのを英雄に見せる。つまり自分達には心がないから人の訴えを聞いて動かされることもないということなのでこうした神話には我々も動かされない。その後の北欧に起ったことも主に戦乱と掠奪の連続だったようでその各民族が南下を始めて今日のヨオロッパの形成に直接に参加するに至って漸くノルマンとかデンマアクとかいう名称が我々にとっても意味を持つ。

専門家は勿論そのようなことでは満足しない。ここでは一般に我々にとって伝説、或は歴史であるものに就て言っているのでこれは更にそれだけのことに止らなくて専門家も我々にとって伝説であり歴史であるものを見逃す時に専門家の域を脱することを封じられる。我が国の源平時代も一応は戦乱と掠奪の連続だったと言えるかも知れない。併し梶原景季《かげすえ》は戦場に赴く途中で梅の花が咲いているのに目を留めてその一枝を折って兜に差して行っている。このことと桜折る馬鹿、梅折らぬ馬鹿という言い伝えが我が国に昔からあったことを思い合せるのは必ずしも唐突ではない。それは梅はその枝を折ることで茂り、これに対して桜の枝を折って持って行くのは桜の木を傷けるということで平安朝の花盗人の類が殆ど桜の花に限られているのはその頃ならば枯れた桜を植え換える位の色々な意味で余裕は幾らでもあったものと考えられる。景季も梅折らぬ馬鹿のことは知っていたに違いない。併し何よりも梅の花が咲いているのを見てこれに心を惹かれたということが大事なのでそれは花を花と見ることであり、これは英国のプランタジネット王朝の始祖であるアンジュウ伯ジョフロアがえにしだ（planta genista）の枝を常にその帽子や兜に差していたというのとは全く別な話であり、それも初めはヨオロッパの荒野を鮮明な黄で蔽うえにしだの花に心を動かされてのことだったのでもそれをそれ故に紋章とか自分の印とかにするのは花を花と見てこれを愛でることではない。その花は消えるものなのである。

それに似た例をフランスの対岸の英国に求めるならば所謂、薔薇戦争の少くともその名称の起りはランカスタア公とヨオク公が薔薇の花が咲いている庭で争って決裂するに至った時にランカスタア公は赤い薔薇を折り、ヨオク公は白い薔薇を折って以後はこれを自分の印にすると言ったことにある。それならば薔薇は季節によって百合でも藤でもよかったことになる。尤もヨオロッパに藤や梅のように繊細な花が咲くかどうかは解らなくて又この繊細なものがヨオロッパの中世紀に欠けている。まだ背中に穴が開いていることが心がないことを示す北欧の神話からそれ程時間がたっていなかったので黄も白も赤も原色か或は黒白の白であることがここではものを言っている。一体に野蛮人は原色を好んでこれはその方が目立つという自明な理由によるものである。又それ故にCateau-Cambrésisだったかの条約の案文を作った書記がその欄外に平和、平和と言いながら平和は来ないとラテン語で書いたことが我々を打つ。

そこに人間がいなければならないのであってその観念が確立していなければ人間は人間と思えない具合に幾らでも振舞える。その事実を個別的に知って置くのは我々にとって何かの際に役立つことであるかも知れなくてもその事実自体は我々にとってどうということはないものでシャルルマアニュがアルフレッド大王に貴国から輸出される毛織りの外套の幅は便所に入った時に具合が悪いという手紙を書いていることは我々の心を少しも豊かにしない。併しゼウスが娘の美神に鷲に姿を変えさせてそれに追われている白鳥になってレダの憐みに縋って思いを遂げる神話は我々を豊かにする。それは人間の心がそのように動くものだからである。この神話と第二次世界大戦中にチャアチルがダンケルクからの撤退に際してその指揮官のゴオト将軍に対して上官として貴下が貴下の生命を自分のものと思うことを禁じるという電報を打っているのとどう違うのか。そのようにも人間の心は動くのである。

人間が生きていて生きているから行動するのが我々も生きていてそれ故に行動するのに呼応し、その我々を我々のうちに目覚めさせる働きをすることで歴史も伝説も我々の世界の一部をなしてそれを拡げもすれば豊かにもする。そのことがなくて歴史も伝説もただ言葉、或はまだ言葉になるに至っていない記述を並べたものに過ぎなくてその種類のものが曾てあったこと、或は語られたことをどのようにないも同然の文字に化するかを我々は何度も経験して知っている筈である。まだしもヨオロッパの中世紀の僧院で修道僧達が彩色写本の一字一字を書いてこれを飾ることに愛情、情熱を注いだことが今日でも残っているその写本を生きたものにしていてそれが愛されて出来上った字であることでそれがなしている祈禱の文句や植物誌の記述までが生きて来る。併し実はこの執着、或は放心が歴史や伝説の形成とその受け取り方でも働いてそれが歴史、或は伝説であることになるのでその点でも歴史と伝説は違っていない。

それだけでなくてまだ歴史と言える程のものがない未開の土地のことは別として伝説も歴史もある位古い国ではその伝説がそのままそこの歴史に繋るようであってこれは人間の

一つの集団に伝説が生じてその集団がすることが何れはその歴史になるのであるから当然のことと考えられるが従って又伝説が豊かなものであればある程そこの歴史も多彩というのか兎に角人間の心に訴えるものに富むことになる。古代ギリシャがその典型的な例である。フリュネがその胸を出して見せることでアレオパゴスの判事達に無罪を宣告させたのは伝説でなくて歴史であってテルモピレエの険を守るレオニダスに向ってペルシャ軍の使者がペルシャの大軍が射出す矢は空を蔽うだろうと言ったのに対してレオニダスがそれならば日蔭で戦うことが出来て都合がいいと答えたのもペロポネソス戦争の開始に際してのペリクレスの演説も歴史であり、その源泉をなすものに我々も知っているギリシャの神話と伝説がある。

例えばゼウスというのは神話でプラトンは歴史であるということにどれだけの意味があるだろうか。そこに神話、或は伝説と歴史の分類上の便宜からの区別を設けるのは常識に属することで落雷が実際にゼウスの仕業であると考えるのは理に反することであってプラトンの時代のギリシャ人もそのようなことを考えてはいなかった。併しそれ故にプラトンとゼウス、或はアテネ、或はアレスとアフロディテの情事を二つの全く違った精神の分野のもの、或は寧ろ片方は精神の対象になる価値がないものと思うのは伝説も歴史も知らないことなのでその意味でその人間にとっては伝説も歴史も同じである。それが先ず伝説があってこれに歴史が続く程の古い国、或は集団ではこれとは別な形で歴史と伝説が一つをなすものであること、その歴史を生じさせるものがそこの伝説にあることを直接に感じて始めて我々は人間がいて人間が作った世界にいると言える。その時に我々の前に現れるものが神々であってもそれが人間の姿をしていて自分達も人間であることを我々に告げる。

ヨオロッパというものが今日のヨオロッパの形をなしてからのその各国は歴史が短過ぎて伝説もあるに至っている場合が少い。併し日本はどうか。古事記はこれが官製の歴史であるように一時は扱われていたのが災してそれが歴史でないことに議論が向けられていたという感じがするがそれならばこれは出発点からして間違っていたのである。古事記を撰したものにとってこれが歴史でも神話でもなくて真実を語るものだったことはその名文の調子からも察せられてこの真実を語るということで歴史は伝説に繋るのであり、その点で歴史と伝説を区別しなかった中世紀のヨオロッパの人間は根本の所で当を得たことをしていた。併し歴史と伝説、或は歴史に対する伝説ということを言うならば古事記にあるものは神話と伝説であってその豊富をギリシャの神話と比べて劣るものと見るのは多分に我々が横文字、或は片仮名の名前に惹かれ易くなっていることと関係があることに思われる。伊弉諾《いざなぎ》が伊弉冉《いざなみ》を求めて黄泉《よみ》の国まで降りて行くのはそこで蛆に食われる死骸が散らばっているのを見て顛倒するのがオデュセウスにアキレスの亡霊が冥府での死者達のみじめな有様を嘆くのと変ることはなくて死というものの我々に郷愁を覚えさせないではいない醜悪、或は静寂が何れの場合にも我々に語り掛ける。或はユウリュディケを求めて冥府まで降りて行くオルフェウスの伝説をここで思い合せてもいい。又倭建《やまとたける》が歴史であるか伝説であるかということになればこれは明かにその両方であって伝説を生じた人間が実在した。それが伝説を生じたことも実在したこともその歌が我々に語ってそのはしけやしの歌も吾妻はやの言葉も殆ど我々を伝説が生じるその場に立ち会わせる。

　そこから那須与一が扇を射落す話まではその間に何百年、千何百年の月日が流れていても一歩でしかない。それが勇壮であるとか悲痛とかいう点で似通っているのでなくてその双方に或る躍動するもの、或は気を静めるものがあることが我々を同じ一つの世界、要するに人間の世界に置くのでそれ故にこれは自分の胸を刺した後でその剣を渡して寄越したパイトゥス・カイキナの妻にも繋り、又我々に再びチャアチルがダンケルクからの英国軍の撤退に際してゴオト将軍に打った電報のことを思い出させる。或はこういう例にもまだ勇壮や悲痛の疑いが付き纏うならば倭建は仕合せに暮して来た僅かな土地をファウストに譲ることを拒否するフィレモンとバウキスの晩年にも年を取って伊澤蘭軒に年賀の手紙を書くのを忘れる菅茶山の神辺の塾にもいる。或はこれはその何れもが人間の世界にいるということでこの人間の世界に人間がいるということを我々が認める毎に我々は力を得て自分もそこにいることを確めることが出来る。

　スコットの南極探険はただ南極に達するとかエヴェレストに登るとかいうことだけの為のものでなくて南極大陸に就て各種の調査を行うことも目的としたこうした探険隊では最

初のものだったという特色があるがこの隊に加ったものの中にウィルソンという生物学者がいた。この隊で選抜されたものが南極に向う前に一同はマクマアド湾だったかの基地で冬を過して基地の宿舎は防寒の設備は整っていても大きな部屋一間を囲んで銘々の部屋が幕一枚で仕切られているだけだったからウィルソンは年長者の資格で午後九時以後は一切の雑談を止めることを提案し、これに反対するものはなくて毎晩九時になるとウィルソンは自分の部屋に入ってパイプを相手に好きな本を読んで過した。そのことを語った一節がスコット探険記に出て来た時にこの協調があって基地の狭い宿舎での長い冬が過せたのだと思ったものだったがスコットの一行が南極から戻らないので捜査隊が送られて後十一マイルで食糧と燃料が集積してある所に着くという地点で一行の天幕に全員が死んでいるのが発見された時にスコットはウィルソンの肩に手を掛けた恰好で横たわっていた。

この探険では犬橇《いぬぞり》を引くエスキモオ犬が活躍した。スコットの一行はこれを使って南極に向ったのではなかったが一行の帰りに備えて途中まで食糧と燃料を運搬して各地点でこれを集積して置く仕事が犬橇でなされたから十何頭かの犬がその為に使われた。その犬の列の先頭に立って誘導の役を勤めたのがオスマンという犬でこれは船で南極大陸に向うその航海では乗組員の手に負えない狂暴な性悪だったのが南極洋に入っての時化《しけ》で甲板から波に浚《さら》われて海に落ち、その次の波で船の近くに持って来られた時に運よく乗組員の一人に首を摑んで引き戻されてからはひどく人懐こくなって利口な犬でもあったので誘導の役に抜擢された。そうして先頭に立って橇を引いていると犬の列の途中で雪がその下の亀裂に崩れ込んで何頭かの犬が宙吊になり、ただオスマンがよく堪えてその場に踏み止ったので犬も橇も救われたというようなこともある。オスマンが海に落ちた時にい合せたのがスコットよりも先に南極に達したアムンゼンだったならば恐らくは犬を波に浚われるのに任せたに違いない。

そのスコットもウィルソンも、或は要するにこの探険隊の隊員が英国人だったということでこういうことが頭に浮ぶ。英国ではかなり最近まで長子相続が行われていてその為に次男、三男に生れたものは家を離れて独立する必要に迫られてその道を海外での活動に求める場合が少くなかった。又その多くは成功して十九世紀に至って英国の国力が著しい伸長を見たのにもこのことが与っている訳であるが成功したものが殆ど例外なしに望んだのは英国に戻って隠棲するか或は自分の周囲に英国を築いて定住することだった。その英国というのは全く文字通りに気持よく暮すということなのでこれはその観念が英国の同義語になる程度にこれが英国では発達していることを示している。別に英国風の暮し方というものがあるのでなくて気持よくしていられることが英国での暮し方というものなので英国ではそれが常識になっているからそこに戻ることを考えるのであってもそれをしないでいても自分が出て来た土地に気持よく暮していればそこに英国を築いた。

これは望郷の念というのが英国人ならば或る特別な形を取ることでもあってそれは英国

の景色や習慣にも増して屈託なく日々を過すことに対する憧憬、或は執着、又それが望郷の形でそこにあるからこれが場所を越えての一種の安息、或は安息と変らない信念であることにもなる。それがスコットの一隊の胸にもあり、或は第一次、第二次の世界大戦で英国の戦闘員のみならず今では読むに堪えない労苦を強いられた男女の諜報部員を支えたものでもあった。スコットが最後まで書き続けた日誌にもその終りの方にもし我々が生きて帰ったならば（had we lived ...）という言葉が出て来る。併し南極大陸での力尽きての絶命よりもその安息がここでは重要なのでそのことから話が英国と英国人に限らない人間一般の問題になる。我々が神話、伝説、又歴史に人間を求めると言っても人間の形をしたものならば求めるということをするまでもないことでそれも人間であることを我々に教える人間にはこの望郷の念、寧ろ故郷を思うことでそこにいて吹雪の中でも炉辺にいる平静を覚えていられるものがなければならない。そこから人間である余裕が生じて遂にはそこに又戻って行くことになるからである。

それが神話、伝説の価値も決定する。例の金羊毛の伝説を語った叙事詩の *Argonautica* では金羊毛を手に入れに行くもの達が船出する為の船が先ず作られるが重くて水際まで運ぶことが出来ない。それでそのもの達の一人であるオルフェウスが竪琴を取って弾きながら歌うと船はその木材が来た対岸の森を思い出して自然に水際に向って滑って行ってそこの所がこの叙事詩で最も美しい部分の一つである。それは帰去来兮の言葉が語るのと同じことで陶潜が故郷に戻ってからこれを書いたことは充分に想像される。或はオデュセウスはアイアイアの島でキルケの許にいた時に既に故郷のイタカに戻っていた。それを示して何か新たな困難に出会う毎にオデュセウスはそれまで通り抜けて来た幾多の困難を思い、そのどの時も無事だったから今度もと自分を勇気付けるのであるが寧ろそれは困難に出会う毎にオデュセウスを支えたものを思い出しているのでそれ故にその困難と戦っている間もオデュセウスは故郷にいる。

その方にオデュセウスの航海の価値があるのでその船のもの達が凡そ色々な危険にさらされるのもその種類や数よりもそれがそのもの達の胸にあるものを一層それそのものにしてこれを動かなくしているのが貴重なのであって望郷の念が故郷であり、その区別が全く付かなくなった時に船がイタカの町が見える海に入って行く。或はそれが見えた時にそれは船のもの達にとって歓喜する出来事であるよりもそれがそうである他ないことだった。シェイクスピアの悲劇でアントニイはロオマ軍との戦いで決定的に敗れたことを知ると従者に鎧を脱がせてくれ、長い一日の仕事は終った（Unarm, Eros; the long day's task is done ...）と言ってチャアチルは或るフランス人の女にこの台詞は英国人が銘々胸のうちに思っていることだと語っている。それはいつもが一日の終りであることでもあり、又一日の終りがあるから今の時間にいることでもあってそれが安息でなければこの安定がなくて人間は自分であることを得ない。

これは邯鄲《かんたん》の夢ということとも少し違っている。邯鄲の夢の方は粥が煮えるまで眠る間に夢に野望の凡てを遂げて死ぬ所まで来て目を覚すと粥がまだ煮えていないので野望に駆られることの空しさを知る話であるがそれでは夢を見ている間は一日の終りが来なかったことになり、それが目を覚して来たことはそのこと自体が空しさから余り離れたものでない。又野望というのが必ずしも空しいものでない時にそれに従って行動している間も一日の終りが常に自分とともにあることが大事なので盧生《ろせい》の夢は初めから夢を見ることの空しさを伴っていた。輞川《もうせん》に山荘を営んだ王維は夢を見ていたのでなかった。チャアチルが自分の本の一冊に最も栄光ある時というような題を付けたのも夢を見ていたのでなくてその栄光の時にあってもアントニイの敗残と休息の台詞が頭にあった。オォウェルの未来小説にも主人公が村を流れる川に影が差していてそこにうぐいが深く沈んで動かないでいるのを思う所があってそれを作者は無残な未来の社会に追い詰められた主人公の幻想として扱っているが幻想は寧ろそこに描かれている未来の社会の方である。

一口に言えば神話、伝説、又歴史で我々に訴えて来るものは静かであるということになるだろうか。その静かであるということに直ぐに註釈が必要になってこれは手短に片付けられることでない。併し我々に実際にものが見える時にそれは静かにであって荒れている海も我々が正確にこれを見れば静かに我々の眼に映る。一つだけ確かなのは神話、伝説、歴史に共通であるのが或る程度以上の時間の経過を伴うことでその間にそこに姿を現す人間も出来事もそれ自体である他ない形を取る。ロシアの十月革命もその真実をなすものはブロオクの詩で語られているようなことなのでこれに忠実である限りでこれはこの革命だった。その詩に接して我々はエカテリンブルグでの虐殺と言ったことを考えない。それはその虐殺がなかったということでなくてこれもブロオクの詩に照して革命の一部だったかどうか判断出来る。所で神話も伝説も歴史よりも更に古いものであって後世のものに異議を挟むことを許さず、それ程に時間はそこでは一切の無駄を洗い落している。今の歴史も何れはそうなるということが考えられる。

Ⅶ

ヨオロッパの伝統では人間というのがどういうものに考えられて来て今日に至っているか、又東洋、或は東洋の観念が広過ぎる範囲に亙るものならば日本と支那ではどうかということを比較して見るのは無駄なことではないかも知れない。ヨオロッパというのがギリシャ、ロオマの文明にユダヤというものが加って出来上ったものと思える時にその淵源はギリシャにあるということになりそうでギリシャの文明が生じた人間の観念は少くともその大体の輪廓に就てはロオマもユダヤも別に変化を加えることがなかった。そしてギリシャの人間の観念は地中海とその沿岸という世界的に言って稀有に恵まれた風土、又従って風土という物質上のことだけでなしに恵まれた地域という条件の下に成立したものでこうして自然と世界の尺度である人間というものが観念の形を取った。それ程人間の活動、又それ故に人間が主になっての営みがその沿岸で太古から発達して来たのである。

ロオマはこれに集団との関係での人間、公の立場にある人間とその扱いということを加えてこの観念を拡充するに止ったがユダヤ、或はキリスト教がしたことはそれと少し違っている。それまで人間に加えられていた制約は道徳とか法律とかの主に外部からのものだったのに対してキリスト教はユダヤ教から受け継いだ全智全能の神というものを持って来ることで人間銘々のその神との対話、更に具体的にその結果から言えば自分というものの意識を人間に加えて人間の観念をその内部に向って拡充した。或は少くともその余地を作った。いつもキリスト教に就て挙げられる魂の不滅とか地獄の永遠の責苦とかいうことは人間の立場からするならば結局はこのことに尽きる。ヨオロッパでの人間の観念はこうした径路で作られて行ったのであるが実際にその人間というのがどういうものだったかはその径路を言うだけでは説明にならない。その人間というのはそのままの形ではギリシャで考えられたものでもロオマでもユダヤ、或はキリスト教のでもなかった。

ギリシャで行われた人間の観念はその人間というものにどれだけのことが出来るかということがその中心にあるのでないまでもそのことを人に思わせないではいない性質のもので又それは否定的にでなくて積極的にだった。又これはこの文明で人間が実際になし遂げたことに裏打ちされていてプラクシテレスの彫刻もプラトンの対話篇も、或はサラミスの大勝もペリクレスの演説も人間にはそういうことも出来ることを人に忘れさせなかった。ロオマになってロオマ帝国の功績がギリシャの文明の所産に加えられた。そして北方から来てギリシャ、ロオマを崩壊させた蛮族の間にキリスト教が流布して我々が知っているヨオロッパというものが誕生した時に全智全能の神というものの出現でそれまで人間の観念に根本的な変化が加えられたのでなくてその際に奇妙なことが起った。もしそのような神があるならば人間にどれだけのことが出来るのであってもこの神の前には殆ど無に近い。併しキリストが人間でもあったということがキリスト教の根幹をなしていて更にもう一つはギリシャ、ロオマに代った北方の蛮族がそれ以前の文明の遺産を直接に受け継いだのでなかったということがある。その全智全能の神というような考えがこの蛮族に実際に解ったのだろうか。又一方ではギリシャ、ロオマの文明の遺産が消滅したのでもなかった。

ヨオロッパの中世紀は神の前に自分を全く無と見る極端な例が幾らもあることで知られている。併しそれは主に肉体の極端な虐待の形を取ってその通りにこの中世紀の人間は逞しい肉体の持主だったのであり、これに加えて蛮族がギリシャ、ロオマの遺跡に感じた驚異というものもあったに違いなくてゴオト族が最初にロオマに侵入してユピテルの神殿の石段を馬で駈け上った時にその神殿もロオマの市街というものもまだ残っていた。その遺跡を悪魔の仕業と見ることが一方では行われていてもそれが人間が作ったものであることは余りにも明かであって又キリストを人間でないとするのは死で罰せられる異端だった。こうしてギリシャ、ロオマ、及びキリスト教の形を取ったユダヤは結局はギリシャで始った人間の観念を一層その方向に推し進める働きをしたのでただユダヤが加ったのを契機にこの人間の観念は新たに一つの特色を得てそのことで我々は最初に我々にとってそう簡単には納得が行かないものに突き当る。

ヨオロッパの人間はキリスト教によって神の前に自分が無であることを知るのとは別に又それにも増してキリスト教が唯一の真実の宗教で自分がキリスト教徒であるのを感じた。それは回教でもその回教に就て説かれる所であるがその場合は神の前に自分が無であることの認識の方が遥かに大きくものを言っている。これに就ては一つには回教がアラビアの風土というものもあってアラビア民族の間に全く自然に生じた観があり、そこには従って新たに或る宗教に改宗したもののその宗教に対する情熱が見られないということもあると考えられる。これに対してキリスト教はヨオロッパの各民族をこれに改宗させて流布したものだった。何れにしても中世紀以来この自分がキリスト教徒であって従ってそうでないものに対して優位にあるという考えは顕著であってこれがキリスト教徒であるという口実が威力を失ってからも長い間ヨオロッパでの人間の観念、或はこの場合はもっと厳密にヨオロッパでのヨオロッパの人間の観念を彩っていた。

自分が属している民族を他の民族よりも優れていると見るのは勿論ヨオロッパの人間に限られたことでない。もっと古くはギリシャの人間もギリシャ以外の人間、例えばペルシャ人を自分達には言葉と聞えないものを話す鴃舌《げきぜつ》の徒、barbaroi と考えていて更に漢民族の中華思想に就てはただそれを例に挙げるだけで足りる。併しこれとヨオロッパの人間の優越感に見られる決定的な違いは支那やギリシャの場合はそれが殆ど全く地理的な条件から来たものでヨオロッパの人間のキリスト教という言わば問答無用式の前提がないことである。例えば支那で中華思想がその文字通りに支那の人間に受け取られていたのは支那の広大な版図が実際に蛮族ばかりに囲まれていた漢の頃までと考えられて唐、宋に至って西方との交通が開けてからもその国々から支那に集って来る人間が単に西戎《せいじゅう》で片付けられていたのでないことは当時の詩文によって明かである。又ギリシャ人が barbaroi で軽蔑していたのは主にペルシャ人であってギリシャの西方のイタリイやシシリイ島にはギリシャ人が植民して幾つも都市が作られてそこに前からいる住民は barbaroi でなかった。

併しヨオロッパの人間に就て更にキリスト教がこれもユダヤ教から受け継いだ選ばれた民の考えがあってこれはもとはユダヤ人種というものがエホバの神に選ばれた民だったのがその神を神と認めるキリスト教ではキリスト教徒全体が神に選ばれたものになった。旧約聖書の伝統が新約聖書のものでもあることになったのである。それ故に経済的その他の理由はどうだろうと十字軍を起すのに就ては大義名分があったのでエルサレムを回復するのもそこの異教徒を教化するのもその為に選ばれたキリスト教徒の義務だったのでこの考え方が後のスペイン人による中南米の征服まで続いているのが見られる。ピザロがペルウの征服に出掛けた時も僧侶を連れて行ってこれがペルウの王に説教し、その通訳が出鱈目を極めていて神は一つであって三つでもあり、それ故に合計四つであるという風なものだったこともあって王が改宗を拒否するとその護衛のものが鏖《みなごろ》しにされて王は捕虜にされた後にペルウがスペイン領になった。

或る観念が何世紀もの間に行き渡って殆ど自分が生きているという人間の感情の一部をなすに至った時はそれを崩す方向に働く出来事に出会った所で直ぐにどうなるというものではない。スペイン人の両アメリカ大陸での暴虐まで時代を下らなくても既にキリスト教会自体の分裂が何回かあり、これに伴う悲惨な軋轢があってキリスト教徒であるということがそれだけでは大して意味があることでなくなっていた筈なのに必ずしもそうでなかったことはその反対に自分がキリスト教徒でないと言うものがあった時にそれがどのように響いたかを思うことでも察せられる。併し自分がヨオロッパの人間でキリスト教徒であるから他の人種よりも優れていると考えるのが実際には何の根拠もない可笑しなことであることに変りはない。それはまだ文明の域に達していない野蛮、或は未熟を示すもので従ってこれが少くとも一時は崩れ去ったのがヨオロッパが十八世紀に漸く文明と称するに足りる状態に置かれるに至ってだった。丁度その頃に東方の事情がそれまでよりも遥かに詳しくヨオロッパに伝えられることになったということもある。支那のことが一つの流行を生じてヴォルテエルは支那で優れた人間であるものが何故ヨオロッパでもそうであってならないのかと言っている。又ワルポオルはいつの日か全く崩壊し去ったロンドンの廃墟を南米からの旅行者が見物に来る所を友達に宛てた手紙の中で想像している。キリスト教が唯一の真実の宗教であるというのも既にそれをそうと信じるものの問題になっていた。

この時代のヨオロッパでの人間の観念は凡て文明の状態にある集団でのものでギリシャ

で確立したこの世界の尺度である人間というものにどれだけのことが出来るかはそれからの何十世紀かで先ず疑いの余地を残さないまでに明かになり、その人間の内部に向っての探索がキリスト教の刺戟があって進められたのも人間が人間というものであることを更に間違いなくすることで終って人間の観念が漸く人間以上のものでも以下のものでもなくなった。併しヨオロッパの歴史でこのことが特筆するに価するのは元来がヨオロッパをなしている各国というものが征服者と被征服者の関係から出発していて又それに即して維持されることが長く続いた為に一民族とかヨオロッパの人間とかいうことよりも一国のうちで征服者であって上層にある例えばフランク人、或はノルマン人、又被征服者であるガリア人、或はアングロ・サクソン族の区別が初めは軍事上、政治上の必要からも厳しく付けられていて人種的にその区別が付け難くなってからもこの身分の違いが人間の評価にまで及んでいたからである。その違いは紋章の有無でも解ってそれが十八世紀までには実質的に意味をなさなくなっていた。これはフランスで monsieur、madame の敬称が上下の別なく相互に用いられるに至っていたことでも明かで国王だけが sire と呼ばれた。

科学は既にその頃発達の途上にあったがまだ人間にどれだけのことが出来るかということに就て人に考えを変えさせる程のことはなかった。併し十八世紀にヨオロッパの人間が漸く到達した人間というものの認識を殆ど覆すのに成功したのが十八世紀末から十九世紀に掛けてのヨオロッパでの科学の発達である。それは人間にどれだけのことが出来るかということに就ての考えが既に安定していたのを危くしてまだどれだけのことが出来るか解らないという気分に人を誘った。ジュウル・ヴェルヌ、或はH・G・ウェルスの科学小説がその熱を語っていて今日それが奇妙なことに感じられるならばその頃と今日の間に百年はたっていることを思い出すべきである。又科学の発達の応用には更に具体的に人を酔わせる面があって大砲も軍艦も蒸気機関もこれを応用した産物であり、それが世界に対しての進出を掩護《えんご》すべき商品を大量に生産する機械もその応用の産物だった。そしてその科学はヨオロッパで発達した。それはヨオロッパの人間が優れていることの実証であるとともにその科学の応用でヨオロッパの人間が世界の征服に乗り出し、これに一時は成功した観があったことから再びヨオロッパの人間がその他の人間に対して優れているという見方が勢を得た。我々が白人種ということを聞くようになるのはその頃からである。

それが長続きしなかったことも我々は知っている。併し大事なことはそれ故に十八世紀以後にヨオロッパの人間が失ったか失い掛けていた精神上の均衡、人間の観念が回復されることになったということでこれはその人間がその為に払った犠牲に充分に価する。その科学騒ぎが続いている間誰も気付かなかったのは科学というのが発達すればする程伝播するものであるということだった。又どういう理由からでも或る人間の集団を他の人間の集団よりも上に置くのは可笑しなことであるのに決っている。併しヨオロッパの人間が払わされたその犠牲というのはそれが深刻な性質のものだったこと自体が貴重だったかも知れなくてそれ程に白人種の夢は十九世紀のヨオロッパの人間、或はその一部を根強く支配していた。それは科学の夢と重なったもので人間にはどういうことでも出来てそれをこれからするのが自分達だという考えはその夢そのものが挫折するのでなければ容易にそこから覚められるものでなかった。その科学があればどういうことでも出来るということに徹底的な打撃を加えたのが第一次世界大戦でその仕上げをしたのが第二次世界大戦である。これさえあればどういうことも出来ることの中に人間を地上から消し去ることも入っていたのである。又科学の伝播で科学がヨオロッパの人間の独占でなくなればこれを用いて世界を征服し、支配する夢も空しくなった。それでヨオロッパの人間が他の人間よりも優れているということの根拠にそれまでなっていたことも消えた。

それまで既にヨオロッパの人間の中で白人種がどうのというのは勿論のこと科学にも更に人間にどれだけのことが出来るかというようなことにも見切りを付けたものがいたことは幾らもその例が挙げられて手軽に引用出来る所でボオドレエル辺りから始ってアビシニアで商売をしていたランボオに白人種と言った風な考えが全くなかったことはその手紙からも又ランボオを知っていたものの話からも明かである。一体に文明に程度の高低がある積りでいるのは文明というものの性質を知らないので文明か野蛮かその何れかがあるだけであり、その文明の域に一度達した後は又野蛮に逆戻りするということが起る前にその文明が地上から姿を消すことになるのを免れない。そのように或る集団が時代を重ねて文明に達するにはそこにそれだけ充実したものがなければならないので文明であることが既にその背後に一つの長い伝統があることを意味する。ヨオロッパはその形をなすに至った時から勘定しても千数百年たった十八世紀にヨオロッパの文明と称するに足りるものが出現し、それで始めてヨオロッパがヨオロッパであるものになった。

確かに一つの文明の存在を脅かした危険の中で十九世紀に入ってヨオロッパを見舞ったのは世界史の上からも稀有のものだったと言える。その世紀にヨオロッパで顕著になった科学の発達が稀有の現象だったのでこうして危険は外からでなくてこの科学の発達というヨオロッパの文明の性質から見て一つの当然の帰結であるものから来た。それが人間がそれまで知らなかったものであることから人を酔わせてもしそのままの状態が続いたならばこれは科学というものの性質から文明の正確に反対である人間の無視に人を導く他なかった。こういう時に文明の伝統がものを言う。それまで考えられなかったような破壊力を持つ武器を誰も思っても見なかった早さで運ぶことが出来て同じ種類のことが生産の面でも許されるとなれば人間は物慾の上で抗し難い誘惑にさらされることになるのでそれに打克ったのであるよりも初めからその誘惑の性質を見抜いていたものがいたということはヨオロッパの文明が真実に文明であることを示している。別な言い方をすればヨオロッパはその科学の発達で世界を蔽いながらそれ自体の文明を失わずにいた。

これは今日のヨオロッパで考えられている人間というのが人間というものであって我々

の方で考えているのとどこも違っていないということである。併し我々の方のことはまだ取り上げてなかった。ヨオロッパと東洋、或は日本や支那のことを比較する場合に先ず考えなければならないのは我々の方が歴史が遥かに長いことであって日本の場合でさえも源氏物語が成立したと推定される西暦紀元一〇〇〇年には今日のフランスは神聖ロオマ帝国の一部に過ぎず英国はノルマン人が侵入する前のアングロ・サクソン人の王国だった。支那ではその紀元一〇〇〇年に唐が既に亡びている。一体に文明の状態の到達は人間の観念の確立と同時に行われるというのか、それよりも寧ろ同じ動きであるものがこの二つの形を取って実現するので支那、或は日本で人間というのが何であるかがいつ頃から例えば日月星辰というようなものとともに誰もの常識になったかは今日では推定するのが難しくなっている。併し一つ確かなことはヨオロッパ系統の国語で男女の別を問わないでの人間を指す言葉がギリシャでは anthropos、ロオマでは homo の二つがあるだけであることでギリシャもロオマもヨオロッパ以前にその各自の文明を築いていた。ヨオロッパは世界で最も若い文明であってその各国語では人に相当する言葉を男を指すものが代用している。それ故にフランス革命の時の droits de l'homme は人権であって男の権利ではない。殆ど支那では人、日本ではそれに相当する日本語が用いられることになった時から人間は人間だったと見ることが許されそうである。このことに就て当世風に考えるならば結論する前に支那と日本の歴史を通して人間が人間らしい扱いを受けていたかどうかを調べることが先決であるというようなことになるかも知れない。併し人間が人間らしい扱いを受けていない例が幾らでも挙げられるのは昔に限ったことでなくてその例の数よりも人間が人間というものであることの観念が徹底し、或は普及していることが重要なのでそのことがなければ人間らしいということも意味をなさなくなる。日本でも支那でも悪虐無道の例は幾らもあるが記録に残っている所ではそれは常に悪虐無道のこと、人間の観念に背くことと見られて来たので問題をヨオロッパに移せばこれはドイツの領主達の中に自分の裁量で領民を絞首刑に処する権限を与えられていたのがあってそれを誇りに思ってその処刑に使う木を自分の紋章に加えていたというようなことと話が根本から違っている。

　その領主というのが当時の制度からすれば領民が土着のものであるのに対する征服者だったことを念頭に置く時にこうしたことも理解出来ないことはない。それで人種、或は異人種の問題になるので我々日本人も恐らくは例えば今日の英国の人間と同様に幾種類もの人種の混血なのであるが英国の歴史ではどの人種がいつ侵入して来たかということが記録の上で辿れるのと違って我々の場合はそれが歴史以前のことで又それが異人種の侵入という形を取ったかどうかも明かでない。これは混血であることは先ず間違いがなくてもこの二、三千年間は既に単一の民族をなしていたということである。又支那の漢民族はその征服者まで同化しないではいない途方もない力に恵まれている。そこにヨオロッパとの比較では歴史の長短ということとは別に人種と人種の軋轢に対して単一の人種が一定の土地でその営みを続けるという状況があってそこには少くとも人種の違いによって差別を行うべき理由がなかった。その形で人間を人間と認めることに対して障碍《しょうがい》になるものはなかったのである。

併しやはりそこで結局の所は歴史がものを言っている。それが長いということはそれだけ早くまだ文字はなくても言葉が普及するということであって文字の出現と普及もそれだけ早くなる。これを言葉ということで統一するならば人間が人間であることを知るのは言葉が媒介になってのことで言葉がその伝統を生じることが人間の集団でのその伝統でもあり、それは常に人間を中心に作られて行って従って伝統の持続は人間に対する認識の開拓でもある。その点でもヨオロッパが漸くその十八世紀に至って文明の域に達したというのは理解出来ることでヨオロッパの起原をロオマ帝国が崩壊した西暦紀元の四世紀前後とする時にこれに続く中世紀を通して唯一のヨオロッパ共通の国語だったラテン語はその使用から大半のものが締め出されていて更にその各国の我々が今日知っているような国語はまだその形さえもなしていなかった。それはヨオロッパ各国の人間が少数の例外を除いて自由に自分の考えを表すことも出来ないでいたということである。又それは当然のことながら自由に考えるにもその方法がなかったということである。

我が国で最古の文献として記紀万葉が挙げられるのが普通であって纏った形のものではこのことに間違いはない。それが纏った形をしているのでこれが最古のものであることはヨオロッパでやはり最古と認められている同類のものと比較して驚くに価する。或は寧ろ逆に記紀万葉に即して同類のものをヨオロッパに求めてその粗雑で幼稚であることに驚くと言うべきだろうか。仮に例えば万葉集の成立が西暦紀元八世紀の半ばであるとしてこれに収められている和歌、長歌その他の詩はそこに示された技巧からすればこれが最古の纏った詩集であって日本語は詩作にその少くとも数百年前から用いられていたことを語るものとしか受け取れない。万葉集の技巧にまで言葉が達するにはその数百年の経過のみならずその間に言葉が絶えず用いられてその用い方に磨きが掛けられていたということが動かせない前提になっている。所で言葉を用いるというのは自分を含めて、或は自分に即して人間というものに対する認識を深めることで万葉集の内容から見てもその詩人達は日本民族のどこにもいるものだった。

それと大体同じことが支那の場合にも言える。尤も漢文、或は支那語の性質からこれが早くから文字と切り離せない関係を生じていたことが察せられてホメロスの時代のギリシャ語、或は文字が入って来る前の日本語のように先ず言葉が言葉であるだけで自在に用いられて発達したという事情が支那語にもあったとは考え難い。併しそれならば文字は支那で早くから発達して論語が書かれたのは西暦紀元前五世紀であり、これを書いた孔子の弟子達のことを思うならばその戦国時代に既に殷の亀甲文字の頃と違って文字の知識が或る特定の身分、或は役職のものに限られたものでなくなっていたことが解る。又支那の厖大な人口の何割が文盲だったのであっても少くとも字が読めることが望ましいことでそれが出来る人間が尊敬に価するという考えが普及していたことは例を挙げて示すまでもない。我々自身が読書人とか或は書を見ざること三日とかいう支那から来た言葉に馴れていて文字、言葉をこうして重んじることが世界のどこでも行われるものでないことに気付かずにいる。

文章の如何が人を評価する基準になり、その力量を測る尺度にさえ用いられるということが今日は兎も角昔とは言えない程最近まで支那でも日本でも普通のことだったのが話をヨオロッパに持って行くならば少しも普通でないのが我々には奇異に感じられる。漸く十八世紀に入っての一時期に科挙の試験とまで行かなくても文章を善くすることが出世の道だったことがあってそれが寧ろこの時代に見られる特色の一つに数えられている。それは又ヨオロッパの人間が人間の観念を得てこれに即して行動した時代でもあってここでも文章、言葉はそのまま人間に繋り、この十八世紀に至って英国とフランスの散文が完成したこともそのことと無関係ではない。又十九世紀になってその何れも落ちて行ける所まで落ちて十九世紀末にその再生が見られるのはこれが人間の観念を回復した時代でもあったことを我々に思わせる。我々はその当時まだそのヨオロッパの十九世紀末というものを知らなくて我々の前に現れたのは十九世紀の白人種だった。

それが我々にとって古来の常識だった人間の観念を崩す方向に働いたことも事実であ

る。今日の我々にとって人間とも思えない人間というのが余り珍しいものでないのはいつの時代にも不具としか受け取れない人間がいるということと必ずしも同じでなくて違った世界の強大と富裕ということに即して人間に就ても考え直すということをする時にその結果はいびつなものになるのを免れなくてそれが今日まで尾を引いていると考える余地は充分にある。それが今日になって露骨になって来たのでまだ初めのうちはそれまでの伝統が遺風の形でなりとも制約を加える働きをしていた。その伝統が崩れ去ったのでなくてこれを無視することが許されるという考えが次第にその脱線の度を増して行ったのである。こういう時には人間に就て考え直すのであるよりも寧ろ人間というものに就てはもう解っているという見方がされる。併し人間というのはそれに就て解れば解る程それが人間というものの形をして来るのでこれが人間の観念の伝統をなすのである。

従って明治から今日まで行われて来たことの一面は人間から遠ざかることにあった。それがヨオロッパでは人間に戻ること、人間の観念を回復することに向う動きが漸く生じたのと同じ時期だったことはこうしたことが先ず内部に起って表面はまだそれまでの状態が続くのが普通であるということで説明することが出来る。併し人間から遠ざかるというようなことは目立つ。そうして遠ざかるのがヨオロッパの人間と思われるものに近づく努力をするという形を取ったので初めはそれが名目でもあり、それが次第に無軌道と区別し難いものに変って行った。何も戦後というようなことを言う必要はない。我々の歴史の上で実在する違いは戦前と戦後でなくて明治以前と以後にある。併しその性質からしてこの違いを余り重視することはないので起きることが避けられなくて起きた動揺は破滅に導くのでなければ次には鎮静に向って動揺そのものは歴史上の出来事になる。

それは鎮静に向う他ない性質のものだった。明治維新は未開の集団が文明に、人間に就ての認識の未熟が人間の観念の獲得に進むと言ったものでなくて既に人間の社会であるものが人間であることを失わないでいる為に取った一時はその人間の観念を危くするまでに徹底した手段だった。併し人間はその観念、像の完成に向いはしても一度それを実現した後にそこから遠ざかるということはない。それは文明に達した集団が再び野蛮に戻るということがなくて文明は存続するか滅亡するかの何れかでしかないのと同じである。従って明治維新は今日の日本、或はそれが現に向いつつあるものを予想してなされた。それが何に向ってかということになればそれが人間の観念の確立である限りでは明治以前の状態にであるが同時に又その他に人間が向う所、住する所はない。今日の人間とも思えない人間というのはそれが横行しているのでも氾濫しているのでもない。ただそれが自分に逆って人間を無視するのを続けるのが目立つだけである。

ここで一番初めに戻って今日ではヨオロッパと東洋、或は現状がまだ不明である支那を別とするならば少くとも日本で人間が人間というものに就て考えていることに違いはない。それはその何れにも人間がいて人間と認められていることである。曾てヨオロッパの十八世紀は英国、フランスから康熙、乾隆の支那、元禄から文化、文政に至る日本と文明国が世界で一つの帯をなしていた。今日ではそれ程にも国の区別に執する必要がなくて人間を人間と認めることがその反対よりも普通になっていると見ることが許される。ヨオロッパで civilisé とか humain とか、或は英語では urbane とか何れも文明の人間、人間らしい人間を指す言葉が人に対する讃辞の意味で用いられるのも最近になってのことでそれに相当する十八世紀の言葉は既に古語になっていてもそれも人に対する讃辞に常に使われていた。我が国で同じことを表すのに人という言葉が出て来る言い方がどれだけあるか考えて見るといい。

世界から野蛮が消えたというのではない。凡て文明に反することは野蛮であって文明が隅々まで行き渡ってこれに反するものがどこにも見られないというような状態、或はそれ程の文明は世界に曾てなかった。又文明はそこでその域に達していると認められる事柄によって文明なのであって十八世紀のヨオロッパに就ても文明に反する事情を挙げて行くのは容易である。併し根本のことは人間を人間と認めないことがどういう理由からでも通用するかしないかにあってヨオロッパの白人種の間ではそれが通用していた。この壁というのか、兎に角手の付けようがない固い塊が今日ではもうないのである。又その白人種に照して日本で人間をそれとは別なものと考えることが必要なのではないかという疑いも消えた。ここでは四海同胞というようなことを言っているのではない。ただ人間がどこにいても人間と口が利けることになったのである。

Ⅷ

我が国の歴史を振り返って見てもそこに一人の人間がいるという感じがする人間と何かがそれには不足しているのがいるのはどこの国に就てもそうであるがその具合が違うのはこれもどこの国に就ても同じと考えられる。ただ思い浮ぶままに例を挙げても中江藤樹の母が大雪の日にそれでも藤樹を塾に行かせた話は孟母三遷のことと変らなくて後世に伝える程のことはなかったのではないかという気がする。そういう母親というものがいいとか悪いとかいうのでなくてもし中江藤樹の母が面白い人間だったならばこの話はその面白味に就て何も語っていないというのである。春日局が刻限を過ぎて江戸城に帰って来て春日局だろうと誰だろうと規則は規則と門番が開門しなかったのを春日局が褒めたという話にしてもそうでこの女に就てならばもっと面白い話が幾らもある。例えば大名衆が江戸城の女中達に付け届けをするのを廃させようという議が起った時に春日局が自分は三千石を拝領していて困ることはないが一般に御殿女中の給料というのは僅かなもので大名その他からの付け届けがなければ直ぐにも困ることになるのであるからこれは廃すべきでないと言ってそれを通したという話である。そこには権柄ずくだけで生きていたのではない一人の女がいる。

或は一体に逸話というものには尤もらしくて俗受けする性格があるのかも知れない。それで語り継がれるのだろうか。併し解り易いというのは少しも人間に就て教えてくれるものでなくて家康がまだ若い頃に百舌《もず》は他の鳥の鳴き声を真似してばかりいて面白くないと言ったという話よりもその百舌に鷹と同じように手に止らせたのを放って獲ものを取らせることを思い付き、そういう訓練をすることを近習に命令してそれがどうしても旨く行かなくて近習が鳥に他の鳥の真似をさせるというのはと弁解すると生意気な口を利くなと言って怒ったという話の方がそこに確かに腹を立てて端のものに当り散らしている一人の少年がいるのを感じさせる。又これは決して単に興味本位のことを言っているのでない。それならば話を外国に移して第二次世界大戦中にチャアチルがモントゴメリイ将軍を英国の北アフリカ作戦の総指揮官に任命した時その為にモントゴメリイがチャアチルに会いに行って自分は酒も飲まなければ煙草も吸わなくてこういう仕事には誂え向きの人間であると思うと言った所がチャアチルは自分は酒も煙草もやってそれでも仕事は結構出来る。貴下は貴下なりに任務を果してくれればいいと答えた。このやり取りでこの二人の力量が解るのでもしチャアチルがいなかったならばこの大戦が英国の敗北に終ったことも考えられるのに対してモントゴメリイが名将であるかも知れなくてもその当時の英国に名将は他にもいた。又戦後のモントゴメリイというものから見てもこれがそれ程の人物であるとは思えない。

そのチャアチルがダンケルクから英国軍が撤退して武器と言えば英国に小銃十万挺しか残っていなかった時に空襲があったロンドンの焼け跡の飲み屋に行って演説し、もし敵が上陸したならば先ず海岸で戦い、その次には野原で戦ってそれでも敵が撃滅出来なければここでこの空き壜を振ってでも戦うと言って喝采を博した。本当にその積りでいたからそう言ったのである。又チャアチルはその戦争を通して夜は首相官邸の一番上にある寝室に寝て一度も防空壕に入らなかった。もし爆撃でやられる位ならば自分に運がないので運がなければどこにいた所で仕事の途中で死ぬことになるという考えでいたのである。どのような場合でも人間が人間の仕事をするには先ず人間でなければならないのでこれは何も仕事にだけ通用することでない。又それ故に歴史上の行動を評価するにもそこに登場するものに人間を感じるか感じないかが一つの過たない尺度になり、それを感じることでその出来事が生きて来る。

信長、秀吉、家康の三人が明治維新までの日本を築いたこともそれで納得出来るのでこの維新までということにはそれも含めてという意味が多分にある。併しこの場合も一般に伝えられている所謂、逸話には余り我々を動かすものがなくて秀吉が冬に信長の草履を懐に入れて温めていたというようなのはそれだけではどういう風にでも受け取れる。秀吉程の神経の持主ということが解って始めてその位のことはしただろうと思うのであって草履の一件だけに限ればどこかで誰かの秘書を勤めているものには参考になることかも知れなくてもそこに信長という人間も秀吉という人間も浮び上って来ない。それよりも秀吉が後の北政所であるお禰々《ねね》の方との祝言をすませてその御礼言上に浅井勢に対する押えに守っていた横山城からお禰々の方を名代に立てて岐阜の信長の所に送ったのに対して信長がその返礼に、且つは秀吉からの進物を謝してお禰々の方に宛てて書いた手紙には信長、秀吉のみならずお禰々の方も現れている。その全文を次に多少の句読点を入れて写して見る。

おほせのごとくこんどはこのちへはじめて越しげんざ（見参）に入り祝着に候。ことにうつくしさ中々目にもあまり筆にもつくしがたく候。祝儀ばかりにこの方よりも何やらんと思ひ候へどもその方より見事成る物もたせ候間べちに心ざしなくのまゝまづ〳〵この度はとゞめまゐらせ候。かさねてまゐるのときそれにしたがふべし。就中それのみめふりかたちまでいつぞや見まゐらせ候折ふしよりは十の物廿ほども見あげ候。藤吉郎れん〳〵ふそくの旨申よし言語道断くせ事に候か。いづかたを相たづね候ともまた二たびかのはげねつみ逢ひ求めがたきあひだこれより以後はみもちようくわび（侘）になしいかにもかみさまなりにおも〳〵しくりんきなどにたち入りてはしかるべからず。ただしをんなのやくにて候間申もの、申さぬなりにもてなし可然、なをぶんてい（文体）に

はぢいり拝見こひねがふものなり。　またかしこ

のぶ（朱印）

藤吉郎をんなども

秀吉の肖像では禿げ頭だったとも見えないが信長は秀吉のことを禿げ鼠と呼んでいたらしい。この手紙で信長は一口に言えば秀吉の新妻が進物を持って訪ねて来たことをただ喜んでいる。そしてその喜びを表すのに秀吉とその妻の性格もそのまま言葉の材料になり、それと合せてその言葉を用いている信長という人間もそこで言葉の形を取っている。殆ど文章というものが出来上って行く径路の見本のようなものであって信長が優れた文章家だったことはその足利義昭に宛てた諫書を一読しても解る。そこから一気に時代が大きかったのだということで片付けたくさえなるがそれは信長がいたからでその逆ではない。もしそこに人間がいないならば何が時代なのか。併し人間が大きいというのも余り要領を得ない限定で西郷隆盛も人間が大きかったと言えないことはない。それよりも先ず人間である印象を与えることが肝腎でそれで我々は信長が秀吉の妻に書いた手紙を思い、又桶狭間の合戦を控えて人生五十年の敦盛の幸若舞いを舞ったことを頭に浮べる。その時も信長はいい気持だったに違いない。そうして自分が刻々に生きているのを認めるのが人間を感じさせる所以でもあって手紙を一通書いているのでも舞いを舞っているのでもそこに何か漲《みなぎ》る

ものがあってそこに一人の人間がいる。

その充実が軍事上のことに向けられれば名将、政治に向けられれば大政治家であってこれも決してその逆ではない。その名将も大政治家もそれとは別なもの、或は寧ろその根源をなすものの現れであってこれがそうである他ない時に例えば画家は優れた画家であればある程どこまで行っても画家であると言った考え方が情ないもの、これは凡ての意味で情ないものに思われて来る。又それ故にフランスのリシュリュウのような人間に我々は不満を感じるのでフランスを封建制から中央集権制に移したその功績からすればこれは辣腕家だったに違いなくてもその臨終に際して付き添いの僧侶に敵を宥《ゆる》すかと聞かれて自分の敵は凡て国家の敵だったのだから自分に敵というものはないと答えたりその同じ際に摂政のアンヌ女王に自分の後継者としてマザランを推挙するのにアンヌ女王の曾ての恋人で暗殺された英国のバッキンガム公のことを持ち出してマザランは顔がバッキンガム公に似ているから陛下のお気に召すだろうと言ったりしたことを知るとどこかこの人間は不具だったのではないかという気がして来る。

勿論申し分がない人間というものはない。それ自体が人間であることに反していて所謂、欠点と人間であることに掛けて欠けているのは二つの別々なことに属する。信長が長島一揆で二万人の宗徒を降参させてから一人残らず焼き殺したというようなことは少しも気持がいい話でなくても信長が愛する家来を失ったことに対する悲みとも怒りとも付かないものの激発と思えばこれを人間である限り許し難いことと判断することは出来なくなる。それと同じことが天目山の後で武田勝頼の首が信長の所に寄越された時の罵詈《ばり》雑言に就ても考えられるかも知れなくてこれに対してその首が家康の所に届けられると家康は座を下って信玄の子としての勝頼に対して哀悼の意を表した。そのように人間が人間であることに掛けて各人各様であることも人間であることの証しになる。又それ故に一時行われた紳士とか或は支那の君子とかの人間を一つの型に嵌めるのが目的の観念は我々に訴える所が少いのでその型に嵌めるということ自体が人間の根本に背いている。

それで支那の歴史でも所謂、逸話で殊に我々がよく聞かされて来た類のもの、二十四孝とか孟母三遷とか韓信が少年の頃に村のならずものに囲まれた時の振舞いとか司馬温公が甕《かめ》を割るとかいうのは逸話よりも美談であって何も我々に語ることがない。又それ故に史記の例えば鴻門の会を叙した辺りの文章は名篇であってそこでは劉邦も項羽も息をしている人間であり、腰に佩《お》びた環を示して劉邦を殺すように項羽に促す范増《はんぞう》も劉邦の安否を気遣って闖入《ちんにゅう》する樊噲《はんかい》もこれに項羽が豚肉を進めさせて樊噲がそれを楯に受けて剣を抜いて切って食うのも明かにそこにそのそれぞれの人間がいてその各自の性格を備えて行動するので項羽が樊噲がすることを見て壮士なりと言うのも劉邦が去ってから范増が歯嚙みして口惜しがるのもそのまま我々に伝わって来る。従ってその形で歴史が進展し、又進展したのであることも我々に了解出来て史記に美談は語られていない。或は美談になり兼ねないことも人間がそこに生きていることで我々はその方を見る。

又孔子という人間が実際にいて儒という言葉がそれが持つ程の意味を持つに至ったのが根拠がないことでないのは孔子が川の水が流れるのを見て逝くものはかくの如きかと言ったその一言からも感じられる。或はその曾晳《そうせき》とのやり取りにも孔子がいて曾晳が莫春《ぼしゅん》は春服既に成り、冠者五六人、童子六七人、沂《き》に浴し舞雩《ぶう》に風しとその志を述べたのに対して子喟然《きぜん》として嘆じて曰く我点に与せんかと記されているのは百の論語に就ての註釈よりも孔子という人間に就て語って貴重である。尤もこの孔子の場合も尊敬が崇拝に変って人間だったもの、人間であるものが人間の形しかしていないものに祭り上げられて行く過程は明白であってこうして家康は三百年近くの間神君、又権現様であって人間でなくなっていた。この動きは何から来るものなのだろうか。一つには人間に上下の差別を付けて上と見られれば見られる程人間として扱わなくなるということが考えられるがそれで忘れられることになるのが優れた人間というのが人間であることで優れているのであるということで人間であることで人間から離れて行くということはあり得ない。そこに妙な邪念が入り込みさえしなければ我々は年月とともにただの人間であることに近づくのでそれが我々の価値を増すのであるならばただの人間というのはそれだけの価値があるものなのであり、それを優れているとか上とか下とか決めるのは端から見てのことなのである。一つだけ確かなことは人間というのが上も下もなくてただ人間というものであることで人間ならばそのことを知っている。或はそのことが解って来る。

併し先ず人間でなければ歴史を動かすこと、歴史を作って行くことも出来ない。それ故に我々が歴史の真実の姿を知る為に求めるものも人間であって逸話や美談は人間である人間、或はその人間が人間である所以を隠す働きをする。又その点で支那の歴史に就て残念に思えるのはこれが例の春秋の筆法というものと直接に関係があることかどうか解らないが史記を除けば支那というのが是認、否定の判断を常に表面に出して書いてあってそこから逸話、美談に類する印象を受けないでいられないことである。もしこれが人間を中心に置いての記述だったならばそのように善悪、当不当の尺度を終始用いてはいられない筈であって人間に就てはその複雑、矛盾、要するにこれが豊かな生きものであることが先ず問題になるのでなければならない。併しこのことに就ては更に支那に正史という見方によってはかなり特殊な観念があってこれが国の権威に裏付けされて修せられた公認の歴史であるのに対してその他のものは野史、外史であり、もしそれが正史であればそこにただ歴史を修するということとは別に人に教えて世を治めるのに資するという種類の配慮がなされることになるのを免れ難い。言わば正史の最初である司馬遷の史記が歴史というものの一つの典型を示した後に史眼を欠く正史の撰者達がこの典型を生かし続けるに至らなかったということにでもなるのだろうか。支那では漢史、唐詩、宋文というのが詩文の一種の相場になっているようであるが漢から先の歴史に史記に及ぶものがないと見ることは許されそうである。

我々が歴史に求める人間の姿を漢民族は寧ろ神仙譚、或は詩から得て来たと言えるかも知れない。或はそこでその姿、像を完成したというのだろうか。支那の詩を読んでいるとそこに人間がいることは疑うべくもない。又支那の話で神仙が出て来るのにも不思議な位に強く人間の息が掛っていてその世界、或は精神の領域をもっと正面から取り上げたものが老荘の書であるならば儒者がその方に眼を向けなかったのが惜しい感じがして来る。併しこれは或は惜む必要がないことなので漢民族が詩や老荘の書に人間を求めたのであるよりも考えようによってはその長い歴史のうちに人間の観念が先ず完成し、この豊かな背景があって支那の人間が詩に、又思索に、又神仙の造型に赴いたのだったということもあり得る。又それならば歴史が人間が作るもの、その行動の跡であることは改めて説くまでもない前提であってその到る所にいるものは人間であり、それに就ての記録で人間をそこに見ることは自動的になされるから人間を中心に置きながらそのことを示すのに言葉を費す必要がないことにもなる。そこから春秋の筆法というものも生れたのかも知れない。併しそれ程の人間というものに就ての訓練がないものは言葉でそれを補わなければならなくて司馬遷の史記がそのことに対しての最大限度の譲歩だったということも考えられる。

ここでは六朝の陶潜から清の袁枚《えんばい》に至る名を挙げるまでもない無数の支那の詩人がなしている世界であるよりも支那の文明というものがその詩人達の他にも充実した人間である

ことに掛けてその詩人達に劣らない人間に動かされて行ったに違いないということが言いたいのである。ただその人間に就ての消息に至っては人間というものに就て知っているものの為に書かれた支那の歴史では我々にとって手掛りになる言葉が省略されているのでその人達の名前が直ぐには浮んで来ない。或はそれが張良でも韓信でも或は王安石でも曾国藩でも多くは名前であることに止ってそれがしただけのことをすることを銘々に許したその人間というものが胸に描けない。それで再び神仙、或は神仙に類する話に戻るので帝舜が南面して歌う時に百官これに相和して歌うというのが誰の本に最初に出て来るのか知らないがその南風の薫ずる以て吾が民の慍《いか》りを解くべしの歌にも百官がこれに相和して歌うのにも人間がいる。又その先にある百姓が帝力何ぞ我にあらんやと言うのも人間のことを語っている。

併し一つの文明に就て先ず頭に浮ぶのが詩人、画家、神仙、哲人、或は隠者のことであるというのは支那の文明に他の世界の文明と一線を劃すものがあることを示している。ロオマには支那に酷似していると思われる一面があるが我が国でカイサルやマルクス・アウレリウスを知っているものもロオマに詩人がいたのを考えたこともないものは珍しくないに違いない。それに就てはロオマの政治家、法律家、軍人その他がロオマ帝国の歴史が長かった割にはそう続かなかった文運の時代の所産を後方に押しやるだけの事績を残したということがあっても支那の歴史の長さはその数倍に亙るものであってこれを埋めている詩人、文章家、哲人の名前に比べて政治家や軍人のは微々たるものである。それに就て政治は一般の関心事であって人間がその面で才能を発揮するのが当然のことと考えられていたから立派な人間ならば立派に政治が行えることになり、その人間の方が賞讃されてその治績がその材料に過ぎないのは歴代の名君、名宰相の支那での扱い方が示す通りで支那には人間の観念があって政治家の観念がないとさえ言える。又軍事上のことは支那で初めから軽んじられていてあれだけの名将の数にも拘らず武だけで尊敬されるということが支那にはない。孔子も老荘の諸家もそのことに一切触れず兵は兇器と既に孫子が言っている。

人間がどういうものでどれだけのことがこれに出来るかということが徹底している為にその人間の充実に応じて効果が収められる精神上の領域のことが第一に置かれるというのはそれが普通のことになっていることで我々の注意を惹く。古来確かに修身斉家治国平天下が漢民族の理想だったのであってもそれは政治であるよりもこの理想が指す人間の充実が求められたことなのでそれ故にその充実を示す事績が尊ばれた。或はこれを政治と見るならばその治国平天下は再び我々を人間に連れ戻すものなので人間の完成というのは他の人間に対する人間としての完成でもあり、ここで政治ということを言うのを暫く続けて我々がすることは男女間のことから友達との付き合い、集団の形を取っての行動、又その集団に対する行動に至るまで政治でないものはない。もしそれを政治と呼ぶならばであるが所謂、政治もこの域を出るものは一つもなくて漢民族は集団にあっての人間ということから人間の観念を完成するに至ったとも考えられる。

併しここまで来れば歴史を振り返って人間がそこにいるのを感じさせる人間とそうでない人間を区別するというのはただそれが出来るというだけのことでなくて真贋を区別するのと変らないことになる。どこか人間であることに掛けて欠けていてそれでも人に優れたことをしたものもあるのでなくてそれをしたと見るのが誤認、又誤伝なのであってそれが例えばリシュリュウであり、又恐らくは山県有朋のような人間なのである。先ず人間を感じるということがあって支那の歴史はそういう人間の故事も伝えていて漢書には京尹《けいいん》の職にあった張敞《ちょうしょう》がいつもその妻の眉を描いてやっていてそのことが長安の町中に拡り、それを聞いた天子がその実否を張敞に質すと張敞が閨房で夫婦の間で行われることはそのようなことに止りませんと答えたという話が記されている。その洒脱から察すればこれは名京尹でもあった感じがする。又これは寧ろ詩文に属することであるが鷗外は中唐の詩人の魚玄機に就て書いていて詩人として既に名高かった温庭筠《おんていいん》が科挙の試験場にいると時の天子の宣宗が金歩揺の句を得てそこにいるものに対を求めたので温が玉条脱の句を示して宣宗に激賞されたことに触れている。これは何れの人間に就て語っていることにもならなくてもそれならばそこに支那の文明がある。

我が国では詩人が誰にも優先して取り上げられて来た、或は心理的に重きをなして来たというようなことがない。併し先ず人間であることが求められて人間であるものが他の人間を動かしたのであることは支那、或はどこの国でもと変りがなくてこの当然のことに即すれば例えば江戸時代の政治というものを根本から考え直すことが必要になる。これに就ては明治維新という政治的にはその反対の立場から遂行された変革があってそれ以前の歴史をありのままに見ることを長い間難しくしていたことには前に一度触れたことがある。併し更にこれに続けて入った邪魔がアメリカ軍による日本の占領でこの時に封建的という重宝な言葉が作られたのが凡てそうした重宝な言葉の例に洩れずどういうことを指すものか解らないままに今度は明治維新までではなくてアメリカ軍が来るまでの日本に就て用いられてそれまでは暗くて封建的な時代であることになった。従って封建的が暗いことを指すものであることが解る他にはこれは言葉というものの働きをしないで今日に至っている。

併し明治維新以前の日本も人間の、それも日本にも見られる程度に人間の観念が発達した人間の世界だったことを思えば明治維新の時にもアメリカ軍による占領の間も我が国の歴史を歪めて考えることはなかった筈である。これだけ言って置いて江戸時代のことに戻るならば創業の際の錯誤試行が終ってから目立つのはやはり人間が住みいい場所を作る為の人間の努力であってそれがどのような結果を生じる所まで行ったかは曾て菊池貴一郎の絵本江戸風俗往来を読んで眼を開かれる思いをしたことがあった。これは江戸に生きた故老が明治に入ってから書いたもので要するに江戸での各季節の行事とか初ものとか子供の遊びとか芸人の類とかを列記したものであるがその何れもが江戸に住むものの暮しの形を取ってこれに抑揚、或は弾みを付けている有様は遂には秩序というようなことを言いたくさせるに足りるものがある。そのことに為政者の配慮も向けられていたことは疑いの余地がない。我々は江戸幕府と言えば例えば参観交代の制度を設けてただ各地の大名に不当な負担を掛けて疲弊させることばかり考えていたという風に教えられたものだったがそうした解釈が常識に外れているのみならず日本の各地と中央の間の流通にこの制度のように寄与したものはなかった。それ故に江戸で芝居小屋が並ぶ区劃を行政上の必要から他所に移すのにも芝居好きに迷惑を掛けないことに細心の注意が向けられた。

　歴史を通して人間を求めるというのは結局はこうしてそこに人間が暮している有様が見たいということに帰するようである。これは幾ら偉人とか英雄とかいうものが出て来ても人間の暮し、又それをしている集団がそこになければということでなくてその暮しが背景か或は前方にあって偉人も偉人であるのだというので従って優れた人間も何れはその暮しの中に姿を消す。それは現に或る時代の或る集団で人間を求めるのもその暮しを求めてであるということでもあり、又それ故に宋の時に王安石の新法に倦《う》んだ民衆は司馬光を取り巻いて額に手を当ててこれを仰ぎ見てその出馬を望んだ。これは民衆とともにあることとも違う。もしともにあるというのならば自分は民衆とは別なものなのでその一人でなくて人間の暮しというものを知ることは出来ない。我が国の明治の頃に金を払うのにいつも五円札を出して釣りを受け取らず自分は国葬になる人間だからと言ったという人間はそれが或は国葬になったのであっても俗物であって俗物はその外形で僅かに人間に繋っている。民衆の一人とか人並の人間とかいうことを謙遜と思ってはならない。又それが謙遜であってもならないので自分を人間以上のものでも以下のものでもないと認めるのでなければ人間としての充実は期し難い。アブラハム・リンコルンが寄席が好きだったのはアメリカの大統領であるならばというような考えに煩されることがなかったからである。又それだから偉かったのでなくてそれだからリンコルンがしただけのことをすることが出来たのである。そこの所が最も誤解され易い点なので歴史に残るような仕事をしたものを偉いと見るのは構わなくてもその偉いということがその人間を他の人間のみならず人間というものからも引き離して人間であっても極めて特殊な人間という風に考えることになる時に既にその人間はそこにいなくてその仕事だけが宙に浮いて後に残される。併しそれは誰か人間がしたことでなければならなくて人間ならばそれ以上のものでもそれ以下のものでも、従って人間ではないまでに特殊なものでもある訳がなくて仕事が大きなものであればある程それをなし遂げたものは際立って人間であるものである他ない。又その仕事がその人間にそれを強いる。又そういう仕事をしたのでなくてもこれは凡ての人間に求められていることである。

それを思う時に曾晳の莫春者春服既成、冠者五六人童子六七人、浴乎沂風乎舞雩、詠而帰は一切の動かし難く真実であってそれが余りにそうである為に大地も同様に我々に見逃され易いことの響を帯びる。そこにあるものが人間の暮しであってそれを支え、又それを守ることに凡て人間にとってなすに価することは尽きている。或は究極の所そこに帰することになるのでなければ如何なる努力も無駄であって又その為にはどのような努力もなされて来た。テルモピレエの天険に拠ってペルシャの大軍を予想以上の時間食い止めることでギリシャ側のマラトンの勝利を準備したスパルタの三百の兵士はシモニデスによればスパルタの掟に忠実であることを望んでそこで全滅したことになっていてもその兵士の頭に実際にあったのはスパルタの掟よりもスパルタ、その兵士達の故郷だった。又故郷、暮しというようなことに縁があるとも思えないことが時には我々を誘惑し、時には我々自身がそれを自分に課することもある。併しそれも我々がいるべき場所、人間の暮しに戻る為であってそうでなければ我々の努力がやはり無駄になる。

望郷の念が抑え難くて詩人は詩を作り、漁師は網を打つとも考えられる。ただ暮しの中にいる為に人間がすることは全く多種多様であっても根本の所で人間をそれに駆り立てるものに思い当るならばこれを一括して沂に浴し、又舞雩に風すると言っても人間の精神が一様に取る方向からすれば少しも間違っていないのみならずその方向とその先にある状態を言い得て妙であるとする他ない。又これを目指してするのでない一切のことは野望、迷妄であってそれをするのは俗物か狂人の何れかである。そう考えると歴史というものが澄んで見えて来はしないだろうか。そこに狂人がいて動乱が生じ、もし狂人が亡びても人間の暮しが再現しないならば動乱がまだ収らないのである。又それが収るというのはいつも同じことを指して沂に浴して舞雩に風するというのを別な言葉で言えば銭湯を出て風に吹かれて行くと向うから祭の太鼓の音が聞えて来るということである。その例を歴史に求めてそれが文化、文政の江戸でも貞観の治でも開元の治でも、或はヨオロッパの十八世紀の英国、フランスでも人間に自分がここにいると感じさせるその手段、或は形式が違っているだけである。

確かに文化、文政の江戸やヨオロッパの十八世紀のフランスにはこの精神上の均衡に即しての精神の所産があった。併しもう一度ここで銭湯の帰りに祭の太鼓の音を聞くのに戻って言うならば人間は精神の所産の為に生きているのでなくて夕涼みに自分を自分と感じるから精神の所産に恵まれもするのである。その片方が手段で片方が目的なのでなくてその両方がそこにあるので強いて言うならば何れも暮しというものの一部をなして又それ故に夕涼みも精神の所産も意味を持つ。又夕涼みが精神の所産でないとどうして考えられるだろうか。我々には精神と物質を区別することが出来るが精神と我々の体ということになると生命がある体という精神とも物質とも付かないものに突き当って体を物質で片付けることの愚を知る。このことは人間にも人間の暮しにも及んで又それ故に人間にとってのその暮しというのがそれで人間の活動を総括して過たないものなのでもある。

その暮しが自分のうちにある人間に我々は魅せられてユリアヌス皇帝が曾て自分が知事

をしていたパリに対する愛着を友達に宛てた手紙で繰り返して書く時にその人間を見てそのパリを想像する。或はそれは謙信が信玄の死を聞いて箸を置いて嘆じるのでもいい。謙信にとっては信玄を向うに廻しての時間がその日々だったに違いなくてそれを示すように謙信もそれから間もなくして死んでいる。楠正成がどういう人間だったのか何故かどのような影像も浮んで来ない。併し足利尊氏が後醍醐天皇に対して終生或る癒し難い感情を持ち続けたことには真実があってそのことで後醍醐天皇も生きて来る。そこに歴史がある。

IX

ヨオロッパでのその歴史がまだ比較的に短いものである為に男が女よりも重く見られて人間に相当する言葉がかなり最近までなかったということもあって男という言葉が人間の意味にも用いられていたことに就ては前に既に触れた。その歴史が短いというのは野蛮の状態を脱してからまだ日が浅いということで野蛮の状態にあっては腕力が必要であることから男が女よりも優位に置かれるのを免れない。或は少くともその点ではそうであって他の類人類の間でも雌が各種の理由から雄に或る畏敬の念で見られていることが解っているのはここでは暫く置く。併し力があることを示すことが必要である間は男が前面に出て来るのは自然のなり行きであってここで指摘しなければならないのは現存する文明の中でヨオロッパのがその状態に達したのが最も遅い為に女の所謂、解放も先ずヨオロッパで求められてそれが女がそれ以前の段階にあった期間がその解放を求めるものの記憶にまだ新しいか或は女がまだその段階にあるのが続いていたからだということである。

それで明治になって我が国でも男尊女卑、或はそれまで我が国でその男尊女卑が行われていたと説かれ始めたのであることは注意に価する。丁度マルクスが階級ということを言ってこれに従って我が国でも現にその階級があることに少くとも講壇ではなったのと同じでヨオロッパが文明に達しても未熟な所が残っているのまでがこれに倣うべきものと見られたのはヨオロッパ以外の場所では時には甚しい無理を生じた。そのことが与っているかどうかを離れて考えても現在では男と女が同じであるとする傾向が強いようでこれにはもっと直接に男女平等の観念の影響があるとも思えるが平等と同一が違っていることに就ては誰からの指摘もない。併し男と女は同じではない。又それが形態の上でのことに止らないのは人間以外の動物から類推しなくても我々の日常の経験から明かなことでそれを無視するのは人間が人間というものである所以を無視することでもある。又従って例えば歴史の上で男と女が果して来た役割がどう違うかを知るのは人間というものに就て考える材料にもなる。

優れた女と優れた男が対等であることが一層その二つが同一であるという見方を助長する。併しそれが政治家の場合と仮定するならば確かにその治績に優劣はなくても我々が一人の政治家を見る時にも先ずその人間から始める他ないのでそれにはその性格を知ることが肝要であるならば当然そこに男と女の違いということも出て来る。もっと端的に言って我々が女に会っていて女を感じることもあればそれがないこともあって優れた女ならば我々は必ず女というものを感じるのでそれさえも明かでなくてまだ一箇の出来上った人間がそこにいると考えることは許されない。話が政治家のことで始ったのであるから政治家で話を進めるならば英国女王のエリザベス一世は何よりも先ずエリザベス一世という人間だったのであり、それはそこに一人の優れた女がいることを誰もが感じたということなのでその女を当時の英国の国民は信頼し、その支持があって女王は経世の仕事を進めることが出来た。又優れた政治家の治績に上下はないと書いたがこれは単に価値の問題であってその治績がどのような形で挙げられたかを見るならば他の要素とともにやはりそこに男と女の違いも認められる。

当時の英国はヨオロッパでの包囲の危険にさらされていた。殊にエリザベス一世の前に王位にあったその姉のメリイ女王は英国をロオマ公教に逆戻りさせてスペイン国王のフェリペ二世と結婚し、これには英国の内政に干渉しないという取り決めがあったのでもメリイ女王の死後にエリザベス一世が改めて新教を国教と定めてスペインと縁を絶ったことは英国に勢力を扶殖し始めていたと信じるフェリペ二世に力ずくでも英国をスペインの傘下に置く気を起させた。フランスも旧教国であり、英国がヨオロッパでの新教勢力の盟主と仰がれている形だったのでもオランダはまだスペインの領土の一部で英国の味方とも見做されるのはドイツで新教徒側に付いた各公国位なものだった。これは英国が孤立していたということでこれを取り巻くのが英国を狙う大国であってフランスはメリイ女王の在世中にフランス内での英国の領土で僅かにそれまで残っていたカレイの港を奪回したばかりだった。

エリザベス一世はその即位以来ただ英国内の結束を固めて行った。或はただというのは正確を幾分欠くことでその外交上の活躍には目覚しいものがあり、これには自分が未婚であるのを餌にしてフランスのアランソン公、或は姉の夫だったスペインのフェリペ二世にも婚約を仄かせて他の交渉を有利に導くことも辞さなかった。併しそれも国内を安泰に置く為で民権の拡張も商業の奨励も又スペインの船や領土に対する海賊行為の黙認も凡てそこに目的があった。これは英国の海軍力の充実も意味してリットン・ストレエチェイはこの時期のエリザベス一世を卵を孵《かえ》す為に巣に蹲り、そこへ誰か近づきでもするならば体中の羽を震わせて威嚇する牝雞に喩えていてこれは当っていると思われる。それでも巣に近寄って行くものがあった時に牝雞はどうするか。スペインの無敵艦隊が遂に完成して英国に向ったという知せが届くとエリザベスはそれまでのこの女王と思えない態度に出ている。その海軍は既に用意が出来ていた。併し敵の上陸も予想してエリザベスはロンドンの郊外に民兵を招集し、これに銀の鎧を着けて白馬に乗って臨んで激励の演説を行った。その一節に though I have the body of a woman, I have the heart of a king という言葉が出て来る。私の体は女のでも私には王者の心があるというのは男の心があると言っていないことでもある。この女王は自分が女であることをよく知っていた。

スペインの無敵艦隊がそれ程無敵でもなかったことに就ては改めて言うまでもない。エリザベス一世は英国女王としてはこの勝利を喜んだに違いなくても政治家としてはスペインの無敵艦隊の撃滅ということがヨオロッパの舞台で英国にどの程度の重みを加えるものか、その後の英国海軍をどう用いるべきか、又スペインとの戦後の交渉をどのような形でなすべきかと言った技術的な問題しか念頭になかったものと考えられる。それが男の政治家だったならばというのではない。もし政治家ならばこれは当然誰でもがすること、或はなすべきことであるが男の場合は勝利に酔って政策を誤る余地がなくはない筈であるのに対してエリザベスにはその気配が全く感じられないというのである。その頭痛の種になったことの一つはスペインという強敵がなくなった後に英国の海軍力をどの程度に削減するかにあった。もし規模の大きさの差という重要な事項を忘れさえしなければこれは賢い女が一家の家計簿を付けているのに似ている。ただそれが一家でなくて一国の安否に掛ることだったから女は遥かに賢くなければならなかった。そういうのが名君と呼ぶに足りる女である。

宗教問題がヨオロッパ全体を揺がせていた時代にエリザベスが問題の解決でなくても少くとも英国内のロオマ公教徒と新教徒の対立を緩和する為に取った政策もその時の情勢からすれば当を得たものと考える他ないものだった。それが全面的な成功でなかったのは問題の性質から言ってこうした場合に一方を弾圧して一方を擁護すること以外に双方を満足させる方法はないからであってエリザベスは兎に角新教系の聖公会、或は英国教会に英国の国教の地位を与えてその公禱文と三十九ケ条の信仰箇条を定めることだけはしてその何れも現に行われている。又その為にロオマ公教徒、並に英国教会に属していない新教徒に対する弾圧を反乱を企てるのを防ぐ程度のものに食い止めた。それもエリザベスが女だったからであるとするのでは結論を急ぎ過ぎるのでエリザベスの姉のメリイ女王は国教をロオマ公教に改めた後にこれに不服のものに対して血腥い弾圧を行ってロオマ公教の英国での地位の回復を当分の間望めなくした。

併し女が女というものであることを人間が人間であることと同義語に用いて女が女であれば或る持久力とでも呼ぶ他ないものが働いてこれに男が例外的に恵まれていなければ努力してそれを身に付ける他ない。この力は過激であることを嫌ってそれが過激であることがその力そのものを害するからであることは明かであり、それ故にこの力は常に度を失わずに働く。英国教会の設立に当ってこれと並んで異端審問のような制度も提案された時にエリザベスは人の魂まで覗き込んで何になると言っている。そういうことをしてどうなるかをエリザベスはスペインの前例で知っていた。その持久力ということを離れてもただそこにいて他のものもただそこにいることを得るというのが持久、恒久ということの定義であって恒久的であるものに就て考えるのは男の領分にも属することであっても存在する形で持久するのは女の本性であるように思える。それ故に大地は支那でもギリシヤでも女と考えられた。

エリザベスが過激であることをなるべく避けたもう一つの例にスコットランドを追われてエリザベスに保護を求めて英国に逃げて来たスコットランド女王のメリイ・ステュアァトを廻っての問題がある。メリイはその血統からエリザベスに次いで英国の王位に継承権があり、これがエリザベスに対する各種の陰謀で絶えず次代の英国女王と仰がれていたからメリイを放任して置く訳に行かなくて幾つかの陰謀が発覚して当然メリイは死罪に行われる筈の所をエリザベスはそれを最後まで承知しなかった。そして遂に何度目かの陰謀が露見してメリイを死刑に処する他ないことが明かになってエリザベスはその書類に署名してから狂乱に近い状態に陥り、その死刑執行を命ぜられた廷臣はそれから暫くロンドン塔に幽閉されていた。併しこれが果断であることを妨げなかったことはエリザベスのスペインに対する態度でも解って又英国の議会が王位継承と国教を議題に取り上げた時にエリザベスはこれを議会の越権行為と認めてその責任者を即座に厳罰に処した。

　もう一つこれに加えていいかも知れない例がある。今日でも英国人は外国の勲章をそれを授けられた国の外では佩用《はいよう》することを許されなくてその国ではそれが出来るのは勿論そうしなければその国に対して失礼に当るからである。この制度を始めたのがエリザベスでそれに就てエリザベスはI do not want my dogs to wear other people’s collars、自分の犬が他所の家の首輪を付けるのはいやだからと言ってこのことが決った。既に立憲君主制が布かれていた当時の英国でこういう離れ業と見る他ないことが出来たのもエリザベスが国民の心服を得ていることを疑わなかったのみならずその心服に自分の基本を置いていたからでこの挿話は名君よりも名妓の振舞いを思わせる。凡て多勢の人間の対象になる女は名妓の役を演じるか或は没落する他ないので名君である女ならば名妓であることも当然そのことの中に含まれる。エリザベスは常に若い男振りがいい廷臣達に取り巻かれていてこれがその政策の一部でもあり、それが政策であるだけのことだったならば政策にもならなかった。

これは女が政治家である場合を取り上げた。それが優れた女であるから優れた政治家でもあるという風に一々断る必要はない筈である。これが詩人の場合はどうか。我が国の詩文の伝統を思うならば女で詩人であることに就て考える材料はそこに幾らもある訳であるがこれにヨオロッパの例を凡て加えても女が詩人である時に就て我々にとっての一つの啓示である点でギリシャのサッフォを抜くことはない。サッフォはその生死の正確な年月も不明であって大体の所は西暦紀元前七世紀の人間と推定されている。又これが残した九巻の詩のうち現存するものは初めの方の僅かなものでそれも完全な形で伝えられたものは殆どないがそのどの断片にもサッフォの詩が響いてその断片が今日あるのもその響に魅せられた後代の学者や詩人がこれを飽きずに引用し続けたからであり、その詩の中で一篇だけが完全な形を保っているのもアウグストゥス時代にロオマに来た歴史家のディオニシウスがその全文を引用していることによる。

この詩の原文をここで挙げた所で何の足しになるものでもない。併しその意味を行を追って示すだけでも少くとも詩の構想に就ての大体の観念は得られて女が詩を書く時にどのような形で女がそこにいるかということを考える上での手掛りにはなる。このサッフォの詩は愛の女神のアフロディテに宛てたものでこの型の詩での仕来り通りにこの女神に就ての神話での属性を言葉で組んで絢爛な玉座にあって不死でゼウスの奸智に長けた子であるアフロディテに向けて詩人が祈っているのであることを示してこの詩が始る。その詩人の心を恋の苦みで堪え難くしないでくれというので前にも女神は詩人の遠くからの祈りに答えたことがあった。その時女神はゼウスの家を出て黄金の戦車を二羽の秀でた白鳥に引かせて白鳥は宙を飛んで忽ち女神を暗い地上に連れて来た。そして女神はその不滅の顔で笑顔をして詩人に何がいけないのか、どうして女神を呼んだのか、何を詩人の心が望むのか優しく聞いてどの女の心に詩人を愛する余地を作ればいいのか、誰が詩人を苦めているのか尋ねた。もし今その女が詩人から逃げて行くならば忽ちのうちに詩人を追うようになり、その女が詩人の贈りものを受けなくてもそのうちに詩人に贈りものをして詩人を今愛していなくても直ぐにいや応なしに詩人を愛するだろう。そう言った時のことから転じて詩人は今もその時のように詩人の苦みを和げに来てその心の望みを適えさせるのに詩人と肩を並べて戦ってくれと女神に祈ることで詩を結んでいる。

súmmachos ésso というのがその最後の言葉である。その súmmachos を訳せば戦友ということになるのだろうが日本語のその語感からすれば戦場で同じ集団に属しているだけでも戦友であってギリシャの戦法では横隊の陣形で肩と肩、楯と楯を並べて敵と戦うことから summachos の言葉が生じた。この詩はその最後の言葉まで詩を持って行く為に作られた感じがする。その印象を直接に伝えるにはただ詩の言葉の意味を挙げて行くだけでは何の成果も期待出来ないが少くとも心の重荷に堪えることが詩人が用いる言葉とその響に洗練を加えさせて初めはそれに惹かれて言葉を追い、その度重なる響が次第に力を増して言葉を追うものにも詩人の心の重荷を分たせて最後の二つの言葉で戦場と戦友の比喩が詩人を愛の女神の化身に変える仕掛けであることは或る程度までは見当が付くかと思える。サッフォは不世出の詩人だった。その点では男も女もなくて絶唱というものに幾通りもある訳がない。併し絶唱であるならばその詩人もそこにいてそれが女であるならばその女もそこにいるのでここで再び頭に浮ぶのが持久力ということである。

ヴァレリイはデルフォイの巫女になるのは恥じるべきことだとどこかで言っている。これはデルフォイのアポロの託宣所に地下から一種の毒気を噴き出している間隙があって巫女がその上に鉄の腰掛けを置いてこれに腰を降しているうちにその毒気に当てられて譫言を言い始めるのがアポロの託宣と受け取られたことを指すのであるが意外とも思えるのはこの自戒が必要なのは女よりも男なのだということである。それが女ならば文字通りに狂乱の状態に陥ってそれで辻褄が合わないことを言うのが神の託宣にも聞える。併し男はそこまで自失するに至らないもののようでまだ多少の理性が残っていることが狂乱よりも陶酔とも呼べるものに導いてただ自分の言葉に責任が持てないことは女の場合と変りがない。或はまだどこかに自分というものが跡を留めているだけその結果は薄汚い。従ってヴァレリイが戒めているのはポオと同様に所謂、霊感に乗り移られてこれに責任を帰することである。

女が狂乱すれば全くの狂乱である。或はこの場合も或る程度の区別をしなければならなくて例えばウェッブスタアのマルフィ公爵夫人が自分の子の死に会って狂乱し、その死骸にまだ子が生きているように話し掛けるのを端のものに注意されると死んだことは解っているのだから黙っていてくれと言うのは狂乱しているのであってもその悲みを和げる為に死んだ子に生きているように話し掛けている自分であるのを知っていることで自分の狂乱まで見通している一種の覚め切った状態がそこにあり、これも男には期待し難い一種の持久力の働きと考えることが許される。その持久力は堪える力であるとともに堪えることがそのまま精神に対する刺戟にもなるということで女が優れた女であることをこの持久力と切り離せない感じがする。それを俗に言う女の柔和とか辛抱強さとかいうことと混同するのは全く外観に欺かれているので柔和は独立した精神の働きの欠如かも知れず辛抱強さは愚鈍の現れであることもあってここで取り上げている持久力はその何れでもない。

ヨオロッパでの言い伝えに若い男女が新婚旅行にアルプス登山に出掛けて男の方が山か

らその遥か下の氷河に落ちて死に、その氷河が平地に出て来る所に女が小屋を建てて住んで何十年か後に男の死骸が氷河に落ちた際の若さのままで小屋の前の岸に運ばれて来た時は女は白髪の老婆になっていたというのがある。その役割が逆だったならばその男は男でないのでなくてそれはあり得ないことなので男にそのような堪え方、或は待ち方は出来ない。我が国にも天皇が巡幸中に一人の乙女に目を留めてその言葉に従って乙女が都に召されるのを待っていても天皇がその約束を忘れて使いは来なくて乙女は年取ってまだ待っているうちに死に、それを天皇が知って嘆いたというこれは恐らくは史実が残っている。これを男流に解釈してただ待っていて待つことに堪えていたのだと考えてはならないようである。その老婆になった曾ての乙女も又新妻もそうしてその日々を過すうちにその精神がどれだけ又どのように活動したか、そこにどれ程の充実があったかを知るには我々も女にならなければならない。又それならば出征した夫の足跡に既に苔が生している門に寄って夫の帰りを待っている若妻という李白の詩での設定も普通これが与えることになっている印象と違った色合いを帯びて来る。

女が優れていると一般に考えられていることに掛けて実際にはそれがどういうことでも男の方が優れていて料理、裁縫がそうであり、これは容貌に掛けてさえものことで男の方が女よりも美しい時には美しいという説を聞かされたことがある。併しこれは男女の平等と同一を一緒にすることを裏返ししたもので一緒にすることの無理が男女の平等も危くして同じものに二種類あるという更に無理な考えに導き、その二種類の外面から男女の格付けを行っているに過ぎない。その何れがもっと美しいかというのは美しさの観念そのものが極めて不確かなものである時に初めから不確かである他ないことが解っている詮索に終始することになる。そして仕事のことを言うならば仕事をしている男の方がそうした所謂、仕事をしている女よりも多いのに決っているから男の仕事が目立つのは当然である。又その仕事をする男の方が多いのに決っているのに就て自分に都合がいい理窟を付けるよりは男と女が違っているのを認めることから始めることが正確な結果を約束して仕事というのは暮しを立てて行く手段にやるものでもなければ人目を惹く為にするものでもない。それはただしたくてするものなのである。

生きて行くことと仕事をするのを区別するのは男の考えである。何故そうなったのかは臆測の域を出ないが太古の時代に男が猟をしたり畑を耕したりすることがそのままその一家が生きて行くことでもあった時にその猟や畑仕事が男にとって当然それが生きて行けることも約束することで生きて行くことに優先することになったということは考えられる。その時既に女も畑に出て働いていたかも知れない。併し男と女が違うのも最初からのこと、そして又それ以後に次第に明確にその形を取って来たことでなければならなくて女にとって畑仕事がその日その日を地上で過して行くことの一部をなすものでなかったというのは歴史が女に就て我々に教えることに反する。その日その日を過して行くというのはただ存在してただ存在することが意味する凡てを自分のものとして受け取ること、或は更に簡単に言えば時間とともにあることであってこれは女の特権では勿論ない。併し自分の仕事から眼を離して時間の経過のうちに自分を置くのは男には直ぐには出来ないことのようである。

猟や畑を耕すことから始って男にとって仕事の範囲は拡って行った。そしてそれは常にそのうちに生きることを含み、或は仕事に成功することが生きるということも保証して失敗すればそれだけ生き難くなることでもあったから男はいつも仕事のことが頭にあって今日に至ったとも言える。そしてその限りでは男の方が女よりも仕事をするのに向いているというのが当っているとも考えられるが男でも有効に仕事をしている際に自分の状態に眼を向けるならばその仕事をしているというのが時間の刻々の経過と呼吸を合せてのことであるのに気付く筈であり、この時にその男にとってその仕事は男が刻々に生きて行くことの一部をなしている。従って有効に仕事をすることは男女ともに同じ状態に自分を置くことを要求してただ女は、或は有効に仕事をする程の優れた女ならばこのことを先天的に承知しているのに対して男は多くは苦労してこのことを身に付けるという違いがあるだけである。併しこれは女には何か自分の仕事を見付けてそれをしなければならないということがないことでもあってもし天分のことを言うならばただ存在してその形で有効に仕事をするのが女の天分である。或はそれはただ存在することであってもいい。

男も生きていれば何れはその状態に達する。併し若い女の落ち着きはその天分をもの語っていてペイタアがダ・ヴィンチのモナ・リザに就て言っていることはこの絵の批評をなしていなくてもペイタアの言葉に女がいることは確かである。従ってそれはモナ・リザに就てのものでなくても少しも構わなかった。こういうことを別な形で言うならば女に就てだけでなくて人間の世界に就て色々なことが明かになる。もし優れた仕事をしてその跡を少しも留めずただそこに角が全く取れている為に柔和な感じがする誰かがいるという印象しか与えないものがいるならばその人間は達人であって女にはそうした面が初めからある。そこから海の聯想が生じるのだろうか。その海の力は絶大であるのみならず地上の凡ての生物が海に頼って生きている。それ故に凪いでただそこにある海は無為を表すことになるのだとも考えられる。これは達人というものがその俤《おもかげ》を宿しているということであって女の天分にもそれがある。

それ故に優れた仕事をした女はそれだけ女であることを促進して我々はただそこに一人の女がいるとしか感じない。或は仕事をしなくてもそれが優れた女であるならばそうであって人間が自分を完成するのに仕事をする他ない訳では少しもない。殊に女にはその道が残されているようである。そして大事なのは女がどれだけの仕事をしたのだろうと、或は現にしているのであっても女にとってそれはその暮し、或は地上での存在の一部をなすものでこの仕事さえし遂げればと言った考え方が女の世界と縁がないことである。確かに女の執念ということはよく聞く。併しそれが執念である限りではそれは当人の存在そのものを賭けたものでこれも地上に存在するという形を取り、そこまで拡った時にその対象が存在することの一部をなす仕事であり得ない。これは男の場合でもそうした形で仕事がなし遂げられるものでないのである。それは男が若いうちに考えることだろうか。従って若いうちは陸《ろく》な仕事が出来ない。

それで男が女を求めるということもあるに違いない。余り何かすることに気を取られていて何もしないでいることで世界が持つことになるその真実の意味、或は姿から遠ざかっていれば再び自分の廻りをそれがあるがままに見ることを望むだけでなくてそれが不可欠のことになるからでそこに女は女であるならばいつもいる。併しそれが英雄に閑日月があって又色を好むことになるだろうか。十八世紀のヨオロッパのサロンに出入りした男達は英雄でなくてそのようなものを野蛮と考えていた。それで何もしないでいることに就て見方を改めることが必要になる。或はこれは何かするということに就てでも構わなくてそのするしないの観念、或は区別も或る種の系統に属することを特に仕事と呼んで重んじる言わば男流の考えに多分に毒されている。或は寧ろ男がそう考えるのでなくて仕事に忙殺されているものがそれが強いる習慣に縛られてそこから眼を離す余裕がないのである。十八世紀のヨオロッパに起ったサロンでは人はただ話をして笑って又帰って行った。ただそれだけであってこれがただそれだけと言えるものかどうか解らない。そこに生じた時間の充実、或は時間がそれ自体常に充実したものであるならばその時間のうちにあってのサロンに集ったもの達各自の充実は曾ての国取りが一国や二国を切り取ったことの比でなかった筈である。

又こう書けば十八世紀のヨオロッパのサロンというのがヨオロッパがその十八世紀に至って漸くその状態に達したに過ぎないものであることは明かで我が国の歴史を顧みれば奈良朝の昔から今日とは言えなくても少くともかなり最近までこうしたことが常識だったことに改めて気付く。又この常識が行われる状態を主宰するものが女でその天分からすればそのことに就て多く説明する必要がない。従って文明というのは女がどの程度までその天分に基いて一集団のうちでその場所を得るかということによって測れるものでその男尊女卑とかいうことの反対というような文明開化風のことは初めから意味をなさなかった。この文明の状態にある時代の女ということでヨオロッパで夥しい女の書簡集、又我が国では日記類が古典になっているのを説明することが出来る。もし自分が過している時間のうちから言葉が生れるものならばそれは苦心してその時間に達して得た言葉に匹敵して古典と呼ばれるに価せざるを得ない。

その意味ではここで再び英国のエリザベス一世のことに戻るならばこの女王は不幸だった。それが文明と言えた時代でなくてその中でエリザベス一世は女である自分を保ち、又そうすることでその政治家としての責任を果すことを強いられたからである。これはその時代、或はそれ以前にヨオロッパで実質的に独立した君主だった女王の凡てに当て嵌ることである。それだけにその中で成功した例はフランスのカトリイヌ・ド・メディシスが頭に浮ぶ位なものでスウェエデンのクリスチナ女王は自分からその地位を捨ててヨオロッパを放浪してその一生を終った。そしてカトリイヌ・ド・メディシスは女というのであるよりも所謂、男優りの女の印象を与えて文明以前の時代にはそれが自分で自分を守ることを強いられた女の多くが選ぶ道であるかも知れない。併しエリザベス一世は明かに女であって更に大政治家だった。そしてこの二つは一つのもので恵まれた女であることが女王を優れた政治家に仕立てた。その治績を見て行くとそう考えることを免れなくてそれがその時代にだったのであるから女王が幸福だったとは思えない。どれだけ国民に心服されるのを通り越してその熱愛の対象だったのであっても女王はその最も身近な臣下にも語らないでいる他ないことが多かったに違いなくて女で女王に親みを覚えさせる程のものは一人もいなかった。

併し女王は政治が男優りの女でなくて女の仕事でもあり得ることを十二分に示してこれはヨオロッパの歴史ではその最初の例ではなかったかと思われる。それならば女王はその仕事とその成功を生きたに違いない。これは漢武帝がその国家を金甌《きんおう》無欠と称したのと同じことでなくてこの言葉にもその国家を作ったのが自分とその廻りに自分が集めたもの達であるという気持が含まれていてもそれよりも漢の天下を一つの出来上ったものとして眺めての満足が感じられる。エリザベス一世程の政治家が当時の英国を既に出来上ったものとして眺める訳がなくてその代りに女王はそれまでの危機を脱して自分の存命中は安泰を保証されている英国がそこに至るまでの時間をそれが自分も生きたものであることで生きたというものである。そうでなくて前にもどこかで引用した this I count the glory of my crown that I have reigned with your loves、貴方達の愛を得て世を治めることが出来たことが私の栄光であるというようなことを言う筈がなかった。そこには満足よりも実感があってそれを言った老年の女王が急に美しくさえなる。

X

洋風という言葉が指すものと思われることからすればこの頃は日本で一般のものの眼に触れる部分のみならず世界の大部分が洋風になってその洋風にも幾つもの種類、陰翳、段階があるのが直ぐにはそれと解り難いということもあって世界が洋風一色という印象を与える為に精神上のことは別としても言わば具体的に感覚に訴えるヨオロッパというものが我々の意識に殆ど触れなくなっている感じがする。併しヨオロッパというものは今日でもあり、それが一つの文明であってその形で世界の歴史でその役割りを演じていることを思えばヨオロッパをただそういう名前が付いたもの、或はアメリカを少しばかり小さくしたものという具合に歪曲して受け取ってはそれをする我々の世界というものの像も正確を欠くことを免れない。そのヨオロッパにも色々あるというのでなくて我々がフランスとか英国とかドイツとか普通に言っている場所、或は集団に共通のものがあるのがヨオロッパなのである。

アメリカのシアトルの町にヨオロッパ風の一角があってその由来を聞いたことがあった

が今は覚えていない。又ニュウ・ヨオクのワシントン記念碑がある公園を取り巻く家並がロンドンの住宅地のに余り似ているので場所に就ての錯覚に陥り掛けたことがあった。アメリカをヨオロッパの出店のようなものと見るならばヨオロッパ風のものがアメリカにあっても不思議でないことになるが既にそれがそうでなくてアメリカはアメリカであるのに対してヨオロッパは今日でもヨオロッパなのである。ヨオロッパに摩天楼が幾つ出来てもその辺がアメリカにならない。アメリカが独立した頃はまだ確かにヨオロッパの出店で初代フランス駐箚公使だったフランクリンは自分がヨオロッパに来ていることを意識する必要がなかった。それは十八世紀でヨオロッパが漸く文明と呼べるものの域に達した時代だった。それからまだ二、三百年しかたっていないことは現存する世界の文明の中ではヨオロッパのが最も歴史が短いことになるのであってもこれに対してその歴史が今日まで過度に中断されずに持続しているということがあってヨオロッパには阿片戦争も明治維新もなかった。又文明以前の状態にあるのが文明の域に達しても歴史はその為に中断されることがなくてそうするとギリシャ、ロオマの文明が亡びた後にヨオロッパの歴史は中世紀で始ることになる。

それ故にこの時代が我々に如何に不可解なものに思われても既にそこにヨオロッパがその形を取りつつある以上これを看過して十六世紀、或は十七世紀に行くことは許されない。その中世紀で我々に摑めるものは寺院である。それでゴチック建築ということになってこれに就ては幾らでも文献、資料が我々に提供されている訳であるがその寺院というのがその周囲にいるものの暮しの中心になっていたということの方がヨオロッパというものに就て考えるのに我々に多くを教える。又それは宗教ということなのでも必ずしもなくて寺院の鐘が鳴ると寺院に集ったのは一つにはそれが自分達の土地に前から建っていてそこに集る習慣があったからだと言える。その祖先である北方の蛮族、或はその蛮族に征服された祖先がそこに同居することになった頃はまだキリスト教も従って寺院もなかったとして中世紀は既にキリスト教がヨオロッパを蔽っていた時代でキリスト教の各種の習慣も既に出来上っていた。

それ故に寺院を囲んで住むものにとってそこは自分達が住み馴れた土地だったのでこの土地ならば土地、そこに建つものならば建つものに対する執着にヨオロッパというものの萌芽が見られる。何故その執着が生じたのかは解らない。もし北方の蛮族というのがそれが初めいた場所が余りに荒涼たるものなので南下して来たのならばその南部の土地にここでこそと思って定住したのが一つの理由とも考えられる。併し兎に角この執着はヨオロッパに特有のものでそれは単なる貪慾とか吝嗇とかいうことと違っている。それは自分の暮しというものを求めてその条件を暮しそのものと同等に重んじることでそれは自分の家がただ自分の住居であるだけでなくてそれが自分の暮しを強く彩ることでもあり、又それはその家に工夫を凝して一層それを自分の家にすることにもなってヨオロッパの人間はそうしてヨオロッパを築いて行った。それはどこの人間もがすることであるとも言える。併しヨオロッパ以外の所では自分のものが自分のものであるのみならず自分の暮しでもあるという殆ど呪物崇拝に近いこうした執着は見られない。

中世紀のゴチック式の寺院が百年、二百年の年月を費して竣工したということは一つにはそこに神に対する奉仕という考えがあったのであっても更にそれが自分達の寺院であるということが大きく働いたことは疑いの余地がないことである。そしてそのことがあっても他の人種ならばその仕事を百年も二百年も何代にも亙って続けるということは先ずあり得ない。これは地理的な条件にもよることなのだろうか。ヨオロッパの北部、或は冬の間はフランスや英国でもこのような所に人間がどうして住めるのだろうかという感じがする。併し地中海の沿岸というものを考える時にこれ程豊かな自然に恵まれた地方が世界にないことは確実であってそこに中東、エジプト、クレタ島、ギリシャ、ロオマの文明が発生したことはそうある他なかったことに思われて来る。それでヨオロッパの北方の蛮族は南下してドイツの南部からスペイン、イタリイまでを征服して定着し、そうして自分達が取った国が自分の国、又やがては先祖代々の国になった。

ヨオロッパで冬が去って春になる季節の変化が或る程度までヨオロッパを説明する。それは冬の厳しさという対照があってのこれも世界に稀に見る春の豊饒でボティチェルリの絵もヨオロッパを挙《こぞ》っての詩もこの自然があることによる産物であって人間の精神がその自然を摸倣する。そして自然は多分に物質であることに即してヨオロッパの精神には物質に惹かれる傾向が極めて強いという一つの結論が得られるのでそれが先ず中世紀には極彩色の衣裳や器具、又金銀や宝石を喜ぶことに現れた。併し寺院も石で作られていて石に対する愛着が石を生かせてゴチック建築の石の透し彫りも世界に類を見ないものである。それと同じ具合に木や漆喰、或は煉瓦を扱ってヨオロッパの家というものが次第にその形を整えて行く。又その点で注意していいのはそこに初めに美とか均斉とかの観念があってこれに従って建築が進められるのでなくて物質に対する愛着が物質の性質を明かにしてこれが生かされて行くことである。

併し更に重要なのは物質に対する愛着と言ってもそれが自分が地上に生きているということと結び付いてのことであるという点が正確に意識されていることである。或はそれは正確を欠くまでに解り切ったことなのでそれ故に寺院の鐘が自分の暮しの音を帯びて響く。又炉辺の幸福の観念も日本の炉端とは縁がないもので明かに炉を暮しと一つのものと見るヨオロッパに生じたものであり、その冬の厳しさに対する火の温かさが持つ価値からすれば炉を手段と考えるのは無意味だった。そのうちに煖房の装置が炉だけでなくなった。又中世紀の寺院と住居、家具というそのままヨオロッパというものに就ての我々の観念と合致するとは限らないものが我々にも多少の馴染みがある種類のヨオロッパ建築や器具、或は眺めに変って行った。又その馴染みからそれは我々もそこにヨオロッパ風のものがあることを或る程度まで感じるのであるが更にそれが何であるかを追って行けば結局はこの暮しの観念と一体になった物質に対する愛着、或は親近ということに帰着する。

曾て小林秀雄氏がゴチック式の家具を評して intime なものが何もないと言ったことがあるのを覚えている。それは石や地面に腰を降すことが頭にある中世紀のヨオロッパの人間が木を用いて家具を作るのにその素材に気を取られた為であってそれは家具がまだ一般の暮しの中にそれ程入って来ていなかったことを示し、その intime、親めるという性格が家具に就ても次第にヨオロッパのものの特徴になって行く。又それは侘びとか寂びとか、或は豪奢とか安逸とかいうことを通して親めるのでなくて先ず人間の暮しというものがあることでそのまま親めるのであって一口に言えばそれは心と体が安まることを初めから求めて得られた結果である。それが我が国の場合は違うということに必ずしもならない。併しそこには風土の影響もあり、これに即して心身の安息を求める時に精神が物質に優先するということも生じ得る。我が国の風土が特殊なものであるとも考えられるがそれならばヨオロッパの風土も特殊なものであって要するに一つの文明はその風土から切り離せないことになる。又それがその文明の性格を決める。

人間の暮しを中心にこれに資する物質上、精神上の条件に執着するということが一貫していればそれは人間の共感を呼んでその産物にそのまま親めるということにならざるを得ない。まだ若年で死んで我が国でも一時は持て囃されたことがあるT・E・ヒュウムという批評家はエジプトの美術を称讃してその彫刻を見ても写実に幾らでも迫れたことが解るのにそれよりも幾何学的な形態に向って行ったその抽象は高度のものであり、これと比較してギリシャの美術はと論旨が余り明白でないことを言っているがエジプトの文明に認められるこの性格と正反対のものがヨオロッパの文明でそれが人間が作ったものでそこに人間がいることはこれに接するものに疑いの余地を残さない。或は疑う前に既にそこにヨオロッパがあって人間がそこにいるのである。それは中世紀の彩色写本にも感じられることでその技術が如何に稚拙であってもそこに描かれているのが地上に住む人間の世界であることがその世界を我々の所まで持って来る。

併しその為に何をするにも稚拙である必要がないことは言うまでもない。中世紀の家具のぎごちなさは十八世紀のものの優雅にまで洗練されるもので更にそれが今日のヨオロッパの町でもその家並に見られる一口に言えば人懐こさである。これはどこでも人間が住んでいる所ならばそうだということと少し違っていて或る所に自分が住んでいるのだと感じることが一つの伝統になっている時にその伝統はその感じを持たないものにも作用しないでいない。その人懐こさを奇異に思うという形でだけでもで何よりも自分の暮しに執着し、その暮しを助けるものに執着することの伝統はヨオロッパにしか見られないものである。それを我々が合理的とか人本主義とか人権とか秩序とか我々の方で考え出したどういう名前で呼んでもその基本をなすものはこの自分の暮しに対する執着なのでそれが凡てに優先することがなくなれば今度はそれが一つの規範になって判断を助けることで伝統が失われることはない。又勿論これは文明というのがそういうものでなければならないということでなくて文明に達すれば凡ての文明はそれがそうであることで同一であってもその文明をなしているものが各自の文明にその性格を与える。それでヨオロッパのは人間の暮しという普遍的である為に最も見逃され易いもの、疎かにされ易いものに執着した。

それが精神上のことの発達を妨げたと思ってはならない。所謂、口腹の慾を顧みない風習があるのは東洋のことでヨオロッパの人間は暮しがなければ安定もないと見て先ずその安定を得てから絶えず働かないではいない精神が働くのに任せた。又それ故に才能があるものにはその安定がなければならないという考えから文士に対する年金の制度が設けられてヴォルテエルはそれをフランス女王から、そして同じ時代のサミュエル・ジョンソンは英国国王から送られていた。或はそれよりももっと前のシェイクスピアが劇作で成功して得た金で故郷で自分の家が零落する前に持っていた土地を買い戻し、それからその町で一番大きな屋敷を手に入れたのも自分の暮しを堅固なものにするという考えがあってのことでそれはギリシャ悲劇以来の劇作をすることやロンドンの飲み屋で仲間と飲むことと全く一つをなしていた。又その暮しの味はその劇作にも滲み出ていて暮しが暮しであるだけですまなくなる所に真実の悲劇が成立する。それ故にロンドンの観衆もシェイクスピアの芝居を喜んだ。

先ず暮しということの考えはヨオロッパで徹底していると言えるので不遇に一生を終えた文士や詩人もその暮しの道を立てるのが最初からの目的で書いたのであり、それでジョンソンはシェイクスピア全集を出し、小説を書いてそのうち国王から年金が出るようになってその詩人伝をものした。又シェイクスピア自身が劇場に来る客の馬の番をすることから始めている。デカルトは最初はオランダ、次にはドイツのバイエルン公国の軍隊に雇われている兵隊だった。又自分の才能に充分な自信があるものもそれを売りものにするよりもこれを自由に伸ばすことを許す保護者を求める道を選んだものが多くてダ・ヴィンチもフィレンツェのロレンゾ、次にミラノのルドヴィコ・スフォルザ、又チェザレ・ボルジヤ、最後にフランスのフランソア一世と保護者から保護者へと移っている。それでダ・ヴィンチの絵、或は建築、或は科学上の研究、或はデカルトの哲学が別に損をした訳でないことは言うまでもない。

併し絵、文章その他一般に精神の世界に属することと見られているものにもそれがヨオロッパのものならばここで語っているヨオロッパの特徴を認めることが出来るので流派とか系統とかの枝葉に亙らずにヨオロッパの絵、ヨオロッパの詩文というものを考えるならばやはりヨオロッパの町の家並にあるのと同じものがここにもあることが解る。T・E・ヒュウムならば例によってビザンチンの抽象的な絵をヨオロッパの絵の上に置くに違いない。併しここでは如何《いかがわ》しい優劣に就ての談義をしているのでなくて特色のことを言っているのでヨオロッパの絵はジョットから後期印象派に至るまでそれが人間の世界にいる人間に属するものでこれを各派の理論がどう表しているのであってもその人間のものであることにその価値があることを我々に直接に語り掛けて来る。それがビザンチンやエジプトの絵ならばどこにいる人間を扱ったものか解らなくて東洋ならば人間が人間の世界から抜け出し掛けている。併し室内を描いたオランダの一派の絵を例に挙げなくてもダ・ヴィンチの聖母からコロオの風景画、ドガの踊り子に至るまでそれが親密に語り掛けて来るのはオランダの室内の絵と同じ人間の世界に就てのことなのである。

それと同じことがヨオロッパの詩、文章に就ても言える。これも詩文、言葉が正確に言葉の形を取っている時にそのこととその結果であるその働きが大事なのであって特色というようなことは二の次であるのを承知してのことであるがヨオロッパの詩文の特色もやはり地上に暮す人間の世界、人間は地上で暮して何れは死んで行くものということが土台になって言葉が進められる所にある。ダンテの神曲の地獄も煉獄もこの地上で暮す人間の世界であってそれを人間が離れることが出来るヨオロッパでの限度が神曲の天国である。ヨオロッパの伝統では解脱ということは考えられなくてそれはそのまま消滅になる。ダンテは壮年でその故郷のフィレンツェを追われて二度とそこに戻って来ることを許されずその忿懣が或は悲哀に、或は歓喜に形を変えてその神曲を貫いているのが感じられる。それは再びヨオロッパの人間臭さであって神曲に心を奪われている間はそこに神曲の世界が拡っているだけであるがヨオロッパをそこに求めるならばこの故郷を追われたものの懊悩と神曲を書き続ける根気が一つのものになっているということを取り上げることが出来る。或はそのことを直接にその言葉のうちに感じないではいられない。

併しそのように自分がここにいて生きているのを感じているということを誰もが全く何に遠慮することもなしに前面に出している、或は少くともそう感じるのを当然のことに思っているというのは世界のどこでも行われていることでなくて殊にヨオロッパよりも古い文明ではその遠慮その他が働き、又その文明によってはそういう考え方から始っているのでないということもあってこのことがヨオロッパのもの、又ヨオロッパそのものに或る言わば異例の明るさ、或は解り易さ、或は兎に角或るあけすけな気分を漂わせるものを与えている。それが異例のものであるということは要するにそれがヨオロッパというものの特色であるということに過ぎなくてその特色を端的に示してヨオロッパの家具や器具でそれがどういうことに用いられるのか直ぐには見当が付かないというものが殆どない。又そうであるからその家具や器具が世界に流布することになったのでもある。これは或る種の機械は別であるがそういう機械もヨオロッパのお蔭で世界に流布することになった。

それで世界がヨオロッパに、或はヨオロッパのようになったと考えることは併し当っていない。ヨオロッパのものがそういうものであるから世界に流布してもこれはその用い方で更にどうにでも変るのに対してそれを最初に作った精神はヨオロッパにしかなくて又その伝統が現に生き続けているのがヨオロッパなのである。これはヨオロッパに行けば凡てが明るくて解り易くてあけすけであるということでもない。それはヨオロッパの根本にあるもののことを言っているのでヨオロッパの文明も既に三百年近くたっている今日では当然そこに他人に対する遠慮もあるようになり、又習俗の発達ということもあって言葉さえ解れば後は心配することはないという訳に行かないのである。ヨオロッパも人間が住む世界であることを忘れてはならない。併しそれ故にその人間の世界にある各種の違いなのであってそれがあることは別としてヨオロッパの町とか人間の集りとかを眺めるならばそこに結局はヨオロッパの明るさと呼ぶ他ないものがある。

或はそれが筋が通っていることであってもいい。どこだろうと筋が通っているのは通っていることなのであるがその方が暮し易いという考えがあってこれを目指すのが中世紀以来というものの一つの伝統を作って行ってそれが現存することは他のことを目指しての伝統の下にある所では見られない結果を生じて落日は野原、運河、町全体を金色と紫に染めて町は熱い光の中に眠るという句が詩人の想像だけで出来たものでないことが我々にも解る。この眼に映るものが整っていると素直に感じられることがヨオロッパであることなのでこれがそのかなり広大な地域に亙ってそうであることがヨオロッパの特色をなしている。これが店の設備、人家の調度にまで及んでいてそれが日常のことで洋風であることを狙ってそうなっているのでないことがその店を覗き、或は人家に出入りして感じられることで何かヨオロッパには余計なものがないという風に考えたくなる。

そして勿論そのようなことはない。それはヨオロッパの小説や新聞を読んでも解ることであるがそれでもこの印象がヨオロッパに就て残るのは暮しよくする為に余計なことをなくすというのが建前である以上に一つの基本になっていることに変りはないからでこれを遡って行けば中世紀以来の先ず土地、又土地に立って手に入れられるものに表された暮しに対する執着ということに辿り着く。その中世紀という殆ど原始的な時代が世界の歴史の上では比較的に最近まで続いたことが今日のこの整った感じからすればヨオロッパに幸したということになるのだろうか。どこの文明に就ても曾てはこの原始的な時代に似たものがあったに違いない。併しそこは風土の違いということもあってどの文明でも人間の暮しが先決のことと考えられたとは限らなくてそれが一つの伝統をなして今日に至っているのはヨオロッパだけである。そのことの上にこの文明は築かれている。

それで考えられるのは我が国でのもともとがヨオロッパに対するもので今日でも何かの形でヨオロッパを中心に示され続けている或る種の関心が必ずしも所謂、西洋崇拝の現れでなくてヨオロッパのこの整った印象に惹かれてのことなのではないかということである。明治維新で日本に生じた混乱を思えばなお更その感じがして来るので今日まだ僅かながら残っている明治時代の洋館、又どうかするとそこに昔通りに置いてある家具を見る時にその典雅よりも均斉にその頃の人達が以前は我が国にもあった整った暮しにも増して整ったものを認めたということが一つの想像に止るものでなくなる。これを我が国にも取り入れるということであれば文明開化にもその理由が与えられた。併しトインビイを引くまでもないことで仮に一軒の家をまるごとヨオロッパから持って来るとかそれを何軒かに殖やしてヨオロッパの一角を日本に作るとかいうことを試みてもその家や家具に含まれているものまで運び込むことは出来なくて一つの伝統を他の伝統で置き換えるということは伝統の定義そのものに反している。

ただ我が国では一つの伝統が表面上だけでもその持続を絶たれて伝統がある筈の所にそれがまだあるかどうか解らないことから生じる混乱の中でヨオロッパがその魅力を増すことは免れなかった。それで一層のこと西洋崇拝よりももう少し根拠があることが我々の方に働いていたのではないかという気がする。アメリカはその中にその意味では入って来なかった。それはアメリカが伝統の所在が解らないのでなくて伝統がまだない所だったからである。我々が伝統を求めていたのでない。併し暮しに執着するということが基本をなしている伝統でなくても伝統というものがあれば暮すということをする余地もあることになる時に我が国、我が文明の伝統を暫く我々は見失っていたのでその暮すということを許すヨオロッパが我々を惹いた。我々が今日それ程伝統ということを言わないのは我々に初めからあったものの所にいつの間にか又戻っているからでそれならば伝統というものの相違でそれだけヨオロッパのヨオロッパにしかない伝統に興味が持てる。

今日ではどういうことになっているか解らないが曾てはヨオロッパでドレスデン焼きの陶器というものがあってこれは羊飼いの女とか手を取り合って踊っている男女とかを摸して着色した小型の人形で他愛もないものと言えば他愛もないものだった。併しそれが直接に眼に映る限りではその姿も色も可憐なもので他愛もないものになるのは更に眼を凝してからのことであり、これと同じ性格がヨオロッパの大概のものに見出される。或はそれ以上のものもこの素朴を土台に発達したものなので十八世紀のムニュエを可憐な音楽と思って聞いているうちにそれがモツァルトにもショパンにもなる。ヨオロッパの料理がそうであるというのは材料の性質上その凝り方に限度があってその結果は素朴に旨いのに止り、それを更に洗練した我が国の料理のようなものはヨオロッパにない。併しヨオロッパで御馳走であるものを出されるままに食べていれば通を振り廻す余地がない代りに旨いものを食べていることは手ごたえがある形で伝わって来てその味が口の中でしている間幸福である。

ヨオロッパの町の佇いが整っているというのもこれと同じことで整っていると言ってもそれは桂離宮の建物や庭と違い、それはただ眼に余計なものを見て苛立たずに暮して行けるように整っているのである。併しもし洗練された眼の持主がいてヨオロッパの町の眺めにも苛立つならばやはり桂離宮が必要であることになるのだろうか。その点でヨオロッパが暮しということから出発していることを改めて思うべきでそれは一つの町をなす程の数の人間にとっての暮し、従って普通の体、普通の五官を備えた人間の暮しであってその眼もその町に住むのに洗練されていなければならないということはない。併し誰が見ても暮しの邪魔になるものは拒否されるのである。又洗練された眼の持主ならばその町を離れて自分がいる場所を作るということも考えられてヨオロッパにもその実例が幾つもあるがこれは桂離宮にも苔寺の庭にも及ぶものでない。そこに又伝統上の相違が出て来る。

そのヨオロッパがこれからどうなるかというようなことが今日では問題になる。それならば日本は、アメリカは、又どこでもがこれからどうなるのか。そのこれからが気になるのも今というものが眼に映っていないからでその今が確実に頭にあればそのこれからよりもその現状が我々にとって既に充分なものである筈であり、それが一本の木ならばこれが自分の前にあることが我々にその木もそこにある世界に就て語って十年先にこの木がどうなっているかという風なことは空疎な遊戯でしかなくなる。ヨオロッパに就てはそこで発達した科学のことにまだ触れてない。ダ・ヴィンチは暑い日に山の上から雪を取って来て町に降らせることを念頭に置いて飛行機の研究を続けた。更にずっと後にヨオロッパで蒸気機関が作られたのはこれがそれまでの動力の装置と比べて遥かに効果が挙ってそれだけ暮しを助けるというのが少くとも当初の目的だった。併し科学というのはその発達が一度始ればそれ自体が目的になるもので更に又その性質からその普及がこれをどこのものでもなくすということがあって科学はその二重の意味でヨオロッパを離れたと言える。先ず暮しということに目を付けてこれがどこを見ても人間の暮しがあるという程度に安定すれば精神が自由に働き出してその活動の対象には科学も入っているということがあるにも拘らずである。

原子の構造はヨオロッパで発見された。併し発見されてしまえば原子というのはどこにでもあるものであり、それに就ての知識もこれを更に進めることも場所を問わなくてそこにヨオロッパに属するものは何もない。その科学の器具に就てさえもヨオロッパで出来たものにあるヨオロッパというものの性格を指摘するのは難しいことであるがヨオロッパの町にはヨオロッパがある。そこでの暮しがそこの風土と結び付いているのは言うまでもないことであるから人間の暮し方が場所によっては違うのは世界のどこでものことであってももしヨオロッパ的な暮し方ということをここで持ち出すならばその特色はそれに対する執着にある。これはヨオロッパの地名の響からも感じられることでAuvergne, Neuchâtel, Köln, Perthというようなのは西新宿とか九段北とかいうのが地名でないのに匹敵して地名であることを疑わせない。曾ては我が国にも地名があって武蔵、長門その他の国名にはこれを戦艦の名前に用いても可笑しくないだけの力があった。併しヨオロッパの地名は今日でもそこで地名の役割りを果している。

或はヨオロッパに就てこれが確実に一つの文明であることを念頭に置くのが大事なことであるかも知れない。ヨオロッパというものがあってそれが先ずアメリカの次に世界中をヨオロッパにしてしまったので少しもなくて日本とか支那とか、或は要するに或る一つの文明が他のものに変るのはその文明が亡びてからのことである。そういう文明の中にヨオロッパのがあって或る地域、集団が人間が人間というものであることを認める文明の状態に達するという点で凡ての文明は同じであってもその地域、集団によってそうして達した文明の状態が帯びる性格が違って来る。そしてヨオロッパのが暮しであるよりも寧ろその暮しが営まれる土地に対する執着に発しているのはその歴史からヨオロッパが征服者と被征服者の二種類の人間による構成で始っていることに結び付くものであるかも知れなくてもその区別はいつか消滅して土地とそこで営まれる暮しに対する執着が残った。それが今日でもヨオロッパの家具をその恰好は場所によって違っても一様にどこか温い感じがするものに出来上らせている。

もとはと言えば凡て地中海というものから起ったということが考えられる。この恵まれた海があってその沿岸に幾つかの文明が成立して亡びた後にその沿岸とその周辺の沃土に惹かれて北方から何十という蛮族が侵入して来て時がたつとともにその亡びた文明も継承してヨオロッパの文明がその形を取った。ギリシャの時代にも地名がものを言った。又ロオマ人が既にその神々の中に炉辺の神を入れて祭っている。併しそれは恵まれた土地で起ったことで蛮族が捨てたヨオロッパの北方の地は地中海の沿岸では想像出来ない荒んだ一帯でそれと比べて温暖なフランスや英国も季節によって自然の条件の厳しさを忘れさせるものでなかった。ギリシャやロオマの文明がそれぞれどういう性格のものだったかはここで改めて説くまでもない。併しその後に来たヨオロッパの文明を単に世界が洋風に見えて来た為に単に今日の世界の一部と見ることは許されなくてそれが許されないというのはこれが実状に反しているということなのである。尤も世界の一部をなしているだけの地方と言えば沙漠とか草原とかいうものしかない。

XI

田舎のどこかに人間が或る程度集って家を建てて住み、その中にはその辺の土地で農業に従事しているのもいるというのが村でそれよりも人口も戸数も多くてそこに住んでいるものが主に農業以外のことで暮しているのが町であると普通に考えられていて人間の聚落の分類にはそれで足りる。その他に町を大きくしたものの意味で都市とか都会とかの名称はあっても我々は都会に住んでいてもそうは思わない。これは実際にそこに暮していての感じを言っているので都市計画というようなことになれば違うのだろうが我々の日常をなしている世界の範囲には限度があって下落合に住んでいて同じ東京の一部をなしている西大久保のことは考えず自分が住んでいる場所に即して町の大きさとは別箇に向う三軒両隣の観念が成立する。要するに自分の住居の近くに人間の手で作った建物が並んでいるかそうでないものの拡りがあるかの違いでその一方が村、もう一方が町である。

それが昔からそうだったのでなければならないという気がすることからこういうことを書いているのである。ギリシャの主な町は所謂、都市国家だったから違ってその町の人間にとってそれは自分の町であるとともに自分の国でもあった。併しその頃の、或はその前でも後でもの支那はどうだろうか。支那では昔から村の組織で結束を固めて乱世にはこれに堪えて泰平の時にはその形で秩序が保たれて来たという印象を受ける。今日ではそれが表向きどういうことになっているのであってもこのことが支那で孝行ということがあれ程重んじられていることを説明するようであって親族が結束するというのは町よりも村に属することで支那の組織では町も大きな村、或は幾つかの村の集合ということで運営されているものと推定される。併し同じく乱世に備える必要から支那の町は城壁を廻らすことが普通に行われて今日に至っていて町の中と外を区別するのにこれ以上のものはない。支那の町の城壁というのは我が国ではこれに相当するものがなくてその厚さは城門を潜り抜けるのに多少の時間が掛ることからも察せられて高さは町の中にいてその外を見るのに城壁に登らなければならなくしている。

村での結束が町でも行われていても人間が町で暮すことになればその暮し方が村でと変って来て目の辺りに見るものが山水でなくて人間が集って暮している有様であるということだけでも人に影響しないでいない。それで長安の都と言う時にそれは村でなくて町であってその中心にあるものは山でなくて天子の宮城であり、これを取り巻く町にいてそこでどういうことが行われて人がどのような思いを抱こうとそれは人間の匂いがするということに尽きる。天津橋下、天津橋上と歌うのが既に町の詩であって町中にも川は流れていても町ならば当然橋が掛っている。そういう橋が川の一部をなしているので町の人間はそのことを疑わない。又今日でもこの事情に変りはなくて我々は村に来て始めて川に橋が掛っていないのを怪まないでいないので又町で橋や建物がどれだけ大きくなっていてもそれはやはり人間が作った橋と建物で我々の興味はその大きさになくてその下を川が流れていてどこかに煙草屋が店を開いていることにある。

実際にはギリシャとか支那とか言う必要がないのは、或はどこのことを取り上げても少しも構わないのは人間が住んでいる場所である限りこの町と村での暮し方の違いは通用するからでこのことは時代とも関係がない。いつ頃から店というようなものが出来たのかも面白い問題である。これが町というものの発達を示すものだからで店がない時代というのが文献に残っているのが必ず原始的な時代に属しているのは文字と町の発達が並行したことを語るものかも知れない。それで十一世紀のペルシャの人間と推定されるカイヤムの詩に酒屋で売っているものの半分も値打ちがあるものを酒屋は買うのだろうかという句がある。又千夜一夜の物語で舞台は例によってバグダッドであってもカイヤムと同じ頃の作かとも思われるアリ・ババと四十人の盗賊の話ではアリ・ババがその家に町角で仕事をしている靴直しを眼隠しして連れて行ってそこで死骸を縫い合させて又眼隠ししてもとの場所に連れ戻したことを盗賊の方で知ってこれも靴直しに眼隠ししてその勘で案内させてアリ・ババの家を突き留める所が出て来る。

酒屋があって酒を売っていて町角で靴直しが仕事をしているのが町というものである。殊に靴直しがいるのが町であって村では自分の所で酒を作らなくても酒屋まで行って買えるとして靴は町に買いに行くか直させに行くのが村というものの性格を示している。そこでは一切が自給自足であるのが原則なのであるよりも消費に時間が掛るものに就ては町に依存するのが普通でそれに時間が掛らないものを自分で作ったり取ったりすることが村での暮し方をなしている。これが何れは消え去る暮し方で村が町を逃れたものが町での暮し方を続ける場所になることも考えられる。併し作ることが暮すことでもあるこの形式はそれならば村でなくて町で行われることになるのであるとともにここまで来て我々の関心がやはり村よりも町にあることに気が付く。それは人間だけでは人間の世界が成立しなくても我々が最も関心を持つものが人間であるということで町では凡てが人間が相互に及ぼす作用の上に置かれている。又その作用には村と違って何も動かすことが出来ないものがなくて人間の銘々がそこにいることに応じて作用してそれだけ明かに、或は複雑に我々に人間というものを示す。

江戸時代に見られた落語の発達も町とそこに暮す人間というものから切り離しては考えられない。それが村ならば人間よりも更に原始的なものが人間を取り巻いていて人間の意識を人間に属することと両分し、その状態では人間の機微に触れた滑稽、或は要するに人間の機微に触れたどういうことも生じ難い。もしそこに笑いがあるならばそれはもっと哄笑に近いものである筈である。又それ故に能楽もその前身が村の行事の一部をなしている間は大した成果を収めなかったのでこれが町に移って狂言も我々が今日知っている狂言の域に達した。これを芸能ということで町での人間の暮しと別箇のものと考えてはならない。その暮しがあって芸能を育てて又これを受け入れる感覚も発達したので人間が人間との交渉で一日を過す暮しがその前にある。それで道というものも村と町ではそれが人間にとって持つ意味が違っていて村の道というのはその村から村でなくなった土地を通ってどこか他所に行く為のものであるのに対して町では道そのものが人間が暮す現場であって店が並び、人が行き来してそこを通ってどこかに向うことよりもその道の有様が注意を領する。そのことを示して十八世紀まではロンドンでテエムス河に掛っている唯一の橋だったロンドン橋は中央に通路を残して両側に住居や店が立て込んでいてその他に礼拝堂まであった。

そのように人間との交渉が絶えないから町にいて人間は始めて一人でいられるという結果も生じる。それが町を離れれば人間以前からあるものの調和が大き過ぎてこれに囲まれているのも一人でいる一つの方法であっても自分以外のものを無視することは意識が許さなくて人間が人間でないものに取り巻かれているという太古の状態に戻る他ない。その状態も人間に欠かせないものであって町にいて空を見上げることを知らなければその人間の町での暮しはまだ暮しと言えないのである。併し一日が人間との交渉であってその相手がいなくなれば人間は一人になってそれが自分という一人の人間であることになる。それは自分と向き合うことで又それはその自分から始めて人間というものの世界を楽むこと、或はそれを究めることでもある。何もその為に部屋に閉じ籠る必要もなくて町中にいてもその目的も考えてのようにそういう場所があり、そこにいて他の人間との交渉がなければそれがそのまま自分との対話になる。

一般の店だけでなくてそういう店も町の発達をもの語るもので十八世紀になってロンドンにコオヒイ店が出来る前から英国には居酒屋があり、その同じ十八世紀頃からフランスにカフェが出来て今日に至っている。我が国の場合は特にどういう店と言うことはない位にこの種類のことが発達していて腰掛け茶屋から始ってどのような食べものでも飲みものでもを出す店であってもそれが人間との交渉を続ける場所でもあるとともに一人でいられる地帯にもなっている。又それで町というものの変らない性格も明かにされるのでその腰掛け茶屋、汁粉屋、飲み屋その他がその後にどういう片仮名や漢字の見馴れない組み合せで呼ばれることになり、その店の外観やそこで出すものがどんな風に変ったのであってもそれが腰掛け茶屋、或はフランスのカフェ、或は英国の居酒屋の性格を今日に至っても失っていない。曾ては地面に縁台が並んでいたのが現在では円い卓子を円い床几が囲んでいるのであってもそこにいて町中にいるのを感じるのにどれだけの違いがあるだろうか。それは人と話をしていても人を離れて自分だけでいるのでも町なのである。

それでもこの頃こういうことを書いていると先ず必ず併し今日ではというようなことに移ることが期待される。併し今日ではどうなのだろうか。その今日ではで持ち出すのが定石である都会とか現代とかいうことは町というものの性格が今日でも別に変っていないことを逆にそれが変っているという口調で裏打ちしているに過ぎないものとしか受け取れなくて人間というものが変っていない以上それが集って住んでいる町もそうであるのは当然のことと考えられる。その町というものの最も大きな性格の一つは見渡す限り眼に映るものが山水とか森林、平野とかの人間の力を越えたものでなくて人間の手になったものばかりだということでその山水その他に就て機械でこれを葬ればということがあってもそれでどういうことが起るかを思うならばこれはやはり人間の力を越えるものであってその非情なものが山水にはある。併し人間が作ったものにはいつでもそれが作り変えられるということでなくて人間が作ったものであることから生じる親みがあって江戸八百八町ということはそのことも表し、又それで京都の女が自分が生れたのが都でなくて田舎であることを知ってその出生そのものを恐しく思うことにもなる。

曾て時々旅行に出掛けては戻って来て品川でその頃の省線に乗り換えて夜の東京一面に明りが付いているのを見て懐しく思ったものだった。それは南極からの帰りでも北アルプスからでも同じことで東京がそのように大した町だからでなくて町だからであることがよく解った。それで今日でもそれが銀座の横丁であり、或はパリのマドレエヌ寺院に行く大通りの裏にある四方を建物に囲まれた小さな公園なのでこれに面した料理屋にフランス革命当時に人が集っていた頃もそれはこの公園だったに違いない。大体の所は西暦紀元前三十世紀辺りに栄えたバビロンの町の廃墟を写真で見ているとそれが東京とかニュウ・ヨオクとかの廃墟であっても可笑しくない感じがする。又バビロンは疑いもなくその頃の世界で最大の町だった。併しそこに住んでいる人達はその世界最大とか、或はイシュタルの門の壮麗とか空中庭園とかいうことよりもこのユウフラテス河の両岸に拡る町の眺めが自分達が見馴れたものでそれが自分達が住んでいる町なのだということを思ったに違いない。それは世界で最初の町の人間だったかも知れないのである。

併し町の人間が段々に町の人間になって行くということは考えられる。初めはどれだけ大きな町があったのでも町の数は村や人間が疎《まば》らにしか住んでいない所に比べて少かったに違いなくて人間の意識はそれならば人間だけのものでない世界にいる人間ということの方に傾くものでなければならない。その時に人間がどのような影像を抱いてどういうことがその精神に閃くかを知るには我々が自分をその状態に置く他ないことである。併しもし町が多くなって行くならばでなくて人間が町に暮して過す年数が累積して行くならば人間との交渉がなしている世界に人間がいることになるのは免れなくてその世界にも川はあっても橋がこれに掛って舟が往来し、その両岸にも建物が並んでいる。或は町というのはそこを通っている道にあるものなので看板、或は店先、或は窓、或は町角というものが自分の家の外にいて町にいることを我々に感じさせる。又これは町というものが出来て以来のことである筈で我々はそれに馴れて町がそういうものであることに就て取り立てて考えもしなくなっているが森の中にいたり田舎の畦道を歩いていたりすればそこに欠けているものをこういう形で思い浮べる。

町というものが出来てからというものそうなのである。ヨオロッパの中世紀には道の両側に建っている家が上に行く程道に向って迫り出して反対側の家に近づく具合になっているのがあった。或は日本の城下町では城を取り巻いて家が建てられて市街戦を予想して道が真直ぐに付けられずに絶えず曲りくねって見通しが利かなくしてあるのが今日でも残っているのが珍しくない。併し町の恰好がどうだろうと又建物の様式がどれだけ違っていても人間が町に住んでいる感じに変りはなくて自分が町にいるというこの感じ、その中に出て行ってそこにあるものが家や道や橋、又そういうものが作っている町角というような眺めであることを受け入れるのに邪魔になるものはただそこに住んでいるというこの感じに即して取り除かれなければならなくて町がどこかにあって年月がたつうちにはそうなる。それで高層建築が並ぶ町にも露店が出てそこを歩いていて我々の意識にあるのは建物に挟まれた道とそこに出ている露店、又その建物の一部を占めている店の窓で建物が何階建てであるかと言ったことは考えるに価しない。

繰り返しになってもこれは都市行政とか環境とかの問題とは別箇のことなので人間が人

間に取り巻かれて暮すことが人間にどう影響するか、或はそれ以上にそのこと自体から生じる暮しの感覚が我々にとってどれだけの意味を持つかということに眼が向けたいのである。そういうこと凡てから遠く離れてということを指す言い方が大概の国語に出て来る。それが伯夷叔斉にアテネのティモンと例を挙げるまでもなく多くの例に見られる隠遁であるが離れて行くのは単なる切り捨てであって自分が人間であることが忌しくなったものがそうして離れて行き、そのように人間でない方向に進むことは人間にとって問題外のことに属する。一つには人間は人間に取り巻かれてそれとの交渉のうちに暮すことでいやでも人間というものに注意することになるのでラ・ロシュフウコオ、或はモンテエニュ、或はベエコンというものを考えるならばその精神の働き方が町での暮しに育てられたものであることは明かである。

併し誰もがラ・ロシュフウコオなのでもなければ又そうである必要も少しもない。それよりも大切なのはこの町の人間であることによる人間の感覚なので人間は先ず村を作って住み、そのうちに町に住むようになって漸く人間になったという感じがする。これは村にいては人間が成熟しないということにならない。その成熟の仕方が恐らくは違っていてもそれで到達した結果は同じことで自分が生れて育った村に住み続けてそこを囲む山に近い印象を与える人間に出会うこともある。ただ山を眺めるのと人間を眺めるのではそこに優劣の問題が全く入らなくて単に山と人間の違いが認められるので山が語るものは精神や文明に就て我々に教えることがない。寧ろ精神や文明に就て知った上で我々は改めて新しい眼で山を眺める。その眼を育てるものが町なので人間が自然一般と同じ程度に自然である町で人間はその限界も能力も意識するに至るのでここで小林秀雄氏が曾て指摘したテスト氏の部屋というものを思い浮べてもいい。この部屋は町にあるものでなければならなくてテスト氏は村に住む人間でない。

その町は人間が朝起きて勤め先まで出掛けて行くのに通って又そこから戻って来るのに通る建物の幾つかの群でもあり、この行き帰りの途中で眼に映る眺め、又ポアンカレが難しい数学の図形を半ば手で描きながら毎日のように姿を現したパリの道、又おかみさんが犬を連れて買いものに出て息継ぎに潜るロンドンの飲み屋の軒でもあってそこでは人間が犇《ひしめ》き合っているのでなくて銘々が人間と暮すことで人間を見詰めて自分の輪廓を確めているのである。或はそれが出来る時にそれをしないでいれば町に住んでいることがその意味を失う。併し多勢でいるということは自分は別としても一体に饒舌になることであってそれを聞いているだけでも気は四方に散ることになり勝ちでそうして聞いたことが尤もらしく思われるに至ってその中に自分というものが消える。これが町での暮し方であっていい筈がない。又もし本当にそこで暮すということをしていればそのことから受ける印象はその反対のものである。

田舎に行って何の音もしないことが耳馴れない騒音の役割りをして夜寝付かれないとい

うことがあるならば町の騒音はその逆に静寂の働きをして我々は事実それを騒音と受け取らずにこれを町にしかない静寂と考えるまでにそれに馴れている。ヴェルレエヌが言っているce paisible rumeur-làである。従って町の饒舌から生れて殆ど常識に近い形で我々に押し付けられている都会とか現代とか機械化とかいうことの大半は嘘であって人間は村から町に移って人間以外の自然と同様に人間という自然に馴染み、その時に人間が町に見出したものは今日の我々の周囲にもある。それがあってはならないと今日の町の饒舌に思い込まされているから自分を偽る苦みを味うことになるので新聞と放送を離れるならば人間が住む町が我々のいる所から拡っている。我々が見馴れた酒屋の看板には現代も都会も機械化もなくてそれは町が作られてそこに店が出来て以来の看板というものである。

それは結局は文明ということになるかも知れなくて文明は町のものであって村のものでない。或は文明が村まで及ぶことはあっても村に発する前に町が作られなければならなかったので町に暮すことで人間は自分が人間であることを自分と同じ人間を到る所に見ることで知った。又自分と同じ人間との交渉を通して自分を相手の立場に置くことを身に付けてこの一つのことを離れて文明はない。尤も町が出来て人間がそこに住むようになってからも文明に達するまでにはかなり時間が掛ったようである。中世紀のヨオロッパで教会の出入りに他のものよりも先にならないのを礼儀と心得て自分が礼儀知らずと思われたくないばかりに双方とも譲らない為にひどく厄介なことになったことに就ては前に触れた気がする。我が国の今昔物語で芋粥を一度でいいから腹一杯食べたいと貧乏な役人が言うのを聞いて裕福な地主であるその同僚だか上司だかがその役人を自分の土地に連れて行き、そこで大釜に芋粥を煮させてそれを見ただけで役人は全く食慾を失うという話が出て来るのはその着想が粗野であるばかりでなくてこれは文字通りに人を人とも思わない行為である。併しヨオロッパも十六世紀になるとベレイの友達がその娘が死んだのを悲んでいるのを慰めてこの詩人は、

Rose, elle a vécu ce que vivent les roses …

という詩を贈っている。我が国の詩歌に就てはそうした例を殊更に挙げるまでもない。それだからどうしたということでもないのである。先ず野蛮があってその状態を人間が脱して文明に達するというのはただそれだけのことなので文明の次にはと論を進めるのは景気がいいことであっても文明の次には滅亡しかない。それよりも今日の我々は町にいる。或は今日の我々もでその町が町であることで他の時代にも繋って我々は自分達が人間であるのを感じる。クレタ島のクノッソスの宮殿に用いられている材料が雪花石膏のように長持ちしないものであるからこの宮殿が生きている人間の為のものでなくて死者を入れる墳墓だったという説は奇妙なものであって事情は寧ろその逆ではないかと思える。エジ

プトのピラミッドはどうなのか。そういうことよりもこの宮殿をそれ自体が優に一つの町であるとともに更にこれを含む町の一部をなしていたと考える時にその屋根から雨水を下に導くのに直角に曲って行く階段の脇に溝を作り、その角で水が溢れないように溝の底に水力学的に適切な曲線を描く起伏を付けて地下室でクレタ島の特産だった亜麻を洗うのに水が屋根から穏かに流れて来る工夫がしてあったという風なことが我々の興味を惹く。クレタ島の女達は地下室で洗った亜麻を屋根に乾しに階段を登って行ったに違いなくてその服装も出ている壁画の写しが十九世紀末のパリに届いた時に人々はそれが自分達の廻りに見るパリの女達のものではないかと疑った。それは洗練された媚びであってこのことが西暦紀元の何千年か前にエェゲ海の周辺に文明があったことをもの語っている。

又我々がいる町は現に人間が住んでいる他の町にも我々を連れて行く。パリのカフェに朝の食事をしに行ってそれが毎日来る所でそれなりに親切にしてくれてもそれ以上構いはしなくて出る時に代金さえ払えば注文するものを持って来るだけで何時間でもほうって置いてくれるのが町というものである。そこにいる間に店の前を学校に行く子供が鞄を持って通る。或は婆さんが散歩なのか犬を連れて通る。又時々寄る薬屋の売り子が店に出る時間なのでどこかで見た顔だという風にこっちを振り向いて通り過ぎることもある。これも現代でも機械化でもなくてそのようなことよりももっと地道で味がある町での人間の暮しなのであり、そこからもどういう結論も引き出せなくて凡てはそこにそうしていることを我々が受け入れるか受け入れないかに掛っている。併し町というものがある前はこの町での暮しもなかった。このことから眼を背けてはならない。ここにその暮しという一つの確実なものがあってそれは人間が地上に住み続けることで得たものであり、そのことがしっかりした形で頭に入っていない夢遊病患者がそこで爆発が起したくなったりする。

町というのはその性質からして革命とか戦災とかに向いていないもののようである。そうしたことの為に人間は生きていないからで人間も病気になって死なない限りは健康を取り戻す。東京に戦争が終ってから戻ってその焼け野原を見て時々思い出したのは関東の大震災があった後の東京と一九一七年の革命からまだ二十年とたっていなかったモスクワだった。その三つの何れも町が町でなくなったのでなくて町であるべきものがその為に必要なものが不足しているのを絶えず感じさせないでいない状態にあってそれは寒々したとでも形容する他ないものだった。それが終戦の頃の東京では道傍に道具を並べている復員姿の靴磨きの列だったならばモスクワでは公園に残された腰掛けに何もすることがなくてただ腰掛けている人達だったということになる。そこまで町が行ってはならない。或はそこからもとに戻る道を辿らなければならないのでその後のモスクワは知らないが今日の東京は復興という言葉まで忘れられる所まで来ている。それは人間が又そこに住めるようになって現に住んでいるということで町が再び町になったならばそれ以上にこれに付け加えることはない。

バビロンでも今日の東京でも或はクレタ島のクノッソスでも町があってそこに人間が住んでいればそこがその人間の町になってこれを土台にその人間の世界が築かれて行くということが大事なのである。又このことは時代とともに本質的には少しも変っていなくて町があってプラトンはその対話篇が書けた。その対話というのが町の産物なので竹林の七賢のように町の人間が乱を避けて竹林に集っているのでなければ町があって人間が人間と話をし、それが友達とでもあれば友達が集ってのことでもある。これは人間にとって人間というのが興味が尽きないものであるということでもあるかも知れない。それで必要があって町を作ってそこに集ったのであってもそこでは人間が人間と絶えず交渉するだけでなくて人間に対する興味が絶えず人間を刺戟してこの方が寧ろ町での暮しの基本をなしているとも言える。その交渉と刺戟は切り離すことが出来て人間はただ見ているだけでも人間の興味を惹く。どこかのホテルの宴会に義理があって出てもそれが終って人気がない田舎の一本道を帰るのでなくてホテルの入り口には煙草屋があり、客が行き来し、更にそこを出て車を拾うということがあって他の車の流れに入って家に帰ることになる。

この人間との何かの意味での交渉が我々の町での暮しでどれだけ重要な部分をなしているか、それが我々の町での暮しそのものではないかということは一般に余り人の注意を惹いていない。それが解り切ったことであるとか寧ろその刺戟がない方が精神の平静が保てるとかいう風に見られている為と考えられるがその解り切ったことが我々の精神の糧をなしているので刺戟ということから精神の平静を危くするということに向って頭が働いてもそれならばこの刺戟は精神の周囲に起ることに対する精神の不断の日常的な反応であって町の騒音が静寂の印象を与えるのと同じ働きをする。それ故にこれは興奮を招く種類の刺戟と区別されなければならなくて都会の刺戟というようなことは田舎ものの為に仕掛けられた観念の上での罠に過ぎない。確かに町の騒音はこれが耳に付き始めれば騒音に聞える。併しそこから再び我々の日常に戻る時にそれまで聞えていたものは静寂に変ってそのうちにあって我々自身の世界が拡る。

これは人中にあって一人でいるのと同じことである。又これは町での暮しが人間に提供するものでこのことが人間というものが凡て同じでそれぞれ違っているというようなことを人間に知らせる。ただ一人、或は疎らにしかいないならば何と同じでどう違っているかは解らない。併し道に、又店に、又公の場所に人間の姿を見るのに苦労しない時に人間は人間というものになってその銘々がその各自の形で人間であることも明かにされる。それ故に人と人の付き合いが花を咲かせるのも町でなので村でならばただ誰かといるその温みで人間以外のものの世界に立ち向うのに対して町では人間の中にいる自分に先ず目覚めてそのことから同じ人間、或は別な自分がなしている同じ人間を他のものに認めてこれに語り掛けもすれば語り掛けられもする。それで交流が生じてその場所が十八世紀のフランスのサロンでも江戸時代の遊里でも、或は今日の東京の飲み屋でもそれによって人間が得るものに変りはない。

町というものに就て一つ間違え易いのはそれが人間が作ったものであるからそこにそれ以外のものは何もないという考えを起すことである。もしその通りならばそれは町でなくて人間がそこに住んでいることも出来ない。或は並木は人間が植えるものだから人間が作ったものだというのだろうか。併しそれは作るという言葉の使いようで実際には人間に木を作ることも出来なければ町の上に空を拡らせられもしない。もともと人間は人間以前からあるものの中にいてそこで自分に許されたことをしているので一皮剝けばこの地上に町も村もその他の場所もないのである。ただ町にいてそこで人間であることを自覚することで空も木もその色合いが潤いを増すのでそれは人間と人間でないものの歩み寄りに他ならない。従って人間がそれで得たものは町の外に出ても通用して太古の壁画からその後の絵画に、呪術から描写に向っての発達はその間に町が仲介していると考えられる。

併し町にあるものが凡て人間が作ったものであり得ないのと同様に町が地上を埋め尽すということもその予想さえ許されないことである。それがその地上の半分でも人間が生き続けられるものかどうか疑しくてそれで今日の地上の状態は人間というものがまだ暫く地上に残る限りではこれからの状態でもあると考えて先ず間違いない。併し村に住むのも町の人間であることになるということはあり得る。これは人間の種類に就て言っているので村の後に町が作られてそれが単に人間の数から生じる違いの問題であるならば町と村の隔離が既に考えられないことである時に町で開拓されたことが村に伝わるのも当然のことに思える。又村に住むのも町の人間であってその眼に村が、又その周囲にあるものがどう映るかということも今では試験ずみである。前にリンドバアグ夫人が毎年どこかの海岸で一人で過す数日の記録を読んでそれに打たれはしてもその不思議な明るさがどこから来るものか当時はまだ解らなかった。これは町の人間、それは人間の歴史の上で町という成熟と開眼の段階に達した人間が海と砂に囲まれて自分と自分の前にあるものに就て語った言葉であるから却ってその海の音まで聞えて来るのである。そこにいる人間はただ見ている。

XII

考えて見れば話という言葉に昔を冠するだけ余計であってどういう話でもそれが話になる類のものであるならば昔話であることを免れない。今をなしているものは昔である。又我々は未来小説と言った形でこれから先のことを語ったものがどれだけ退屈であるか皆知っている。その例外にヨハネの黙示録とオゥウェルの「一九八四年」があるが退屈でない理由をこの二つに就て求めるならば何れもこれから先のことと断って置きながらそこにあるものは今とその今をなしている昔、及びこれに対する語り手の情熱であってまだありもしないことに情熱を覚えるのは難しい。いつも今があると逆に言うことも出来る。その今というのが何であるかを思うならば話という程の話が凡て昔話であることは更に明かになる筈であって我々がこの今というものに浸っている時に懐古の情も澆季《ぎょうき》の世の嘆きもあったものでない。併しこれはもう少し説明する必要があることかも知れなくて今が昔だというのは今の状態にあって今と昔が区別出来るものでないということなのである。

ここでは昔あったことという意味で昔という言葉を使っている。関ケ原の戦いを間近に控えて伊勢の安濃津城の城主が城外で敵と戦っているを聞いてその妻が中二段を黒皮で緘した緋縅しの鎧を着けて槍を取って夫の救援に向ったというのは昔あったことである。併しこれに対して今は男でも戦場に向うのに鎧を着けないというのは単なるそういう一片の知識に過ぎない。もしこの昔に対する今を強いて求めるならばそれは英国の近衛兵の正装がやはり黒と赤が色調になっているものだというようなことでその聯隊が十七世紀にステュアァト王朝下に編成されたものであることを思えば現にこの近衛兵の一隊が行進するのを眺めて今と昔というのがただそれを今眺めているのだということに圧縮される。或はそれが今というものなのである。又その赤と黒の配合が眼を惹くという感覚がいつ人間のうちに育ったということになるとここでも昔と今を区別する意味が薄れて来る。

昔のことだけとか今のことだけとかいうのが昔と今という寧ろ実在しない区別によることであるから昔とも言えることが必ず出て来る点で我々に話と思える程の話は凡て昔話なのである。これは怪談にも見られることで誰かが窓から飛び降りて自殺したと伝えられているどこかの家の部屋に始終何か妖しいことがあり、それを或る日その窓から床までの距離に気付いたものがあって窓が低過ぎる為にその死んだ人間がそこから自分で飛び降りたのでなくて足を滑らせて落ちたのだと指摘するとそれまで自殺したと思われていた怨みが消えてその後はその部屋で何も起らなくなるというようなのはそこから落ちて死んだというのは昔のことでもそのこととそれに就ての誤解があって怨みが漂い、その怨みが現にあるからそれが消えもするのでそのどこまでが昔のことでどこからが今なのかは実は誰も詮索することも考えない。それが無駄なことであるのが初めから明かである為である。

その怨みが消え去った後はその全部が昔話であるということでこの今と昔ということが一層あやふやなものに感じられて来る。第二次世界大戦が始った時に第一次世界大戦はその二十年前に終っていたのであるから既に昔話だったとも考えられる。併しフランスの国民にとっては昔話でなかったのでこの大戦がどれだけ高価な代償を払ってフランスの勝利に帰したかまだ記憶に新しくてこの第二次でのドイツに対する宣戦布告は一様に暗いというのではまだ事情の半分も尽さない思いで迎えられた。又そのこともあって出足を挫かれたフランスが一時は敗北を喫した後に再び立ち上ることが出来たのは同じ第一次世界大戦、更にそこから遡って普仏戦争、ナポレオン戦争、又それだけでなくてフランスとドイツが国境を接するに至って以来の歴史が働いてのことだった。第二次世界大戦が始ったばかりの頃に第一次世界大戦でフランス兵の死骸の山が築かれたヴェルダンの攻防戦の参加者達に対する悲痛な呼び掛けがフランスの新聞に出ていたのを覚えている。

戦前とか戦後とか気が早いことを我が国では言うから時間、或は歴史の観念が狂って来るのである。パリのコンコルドの広場に向っている海軍省の建物の脇を歩いていて第二次世界大戦中にドイツの秘密警察に摑まったものの呻き声が聞えて来たのはこの辺だったのだろうかと思った。この海軍省の建物と隣合ったオテル・ブリストルは第一次世界大戦の後でヴェルサイユ条約を締結しに来た日本の全権団が泊っていた所である。ヨオロッパでは建物が長持ちするからというようなことで話をごまかしてはならない。寧ろヨオロッパでは一つの戦争が終ったというのでその戦争そのものまでを悪夢だとか忌しいとか軍部だとか弾圧だとかいうことでごまかさないので曾てあったことはあったのであるのみならずそれ故に現にあり、その曾ての時代に空襲を避けて逃げた道はその際の俤で今日そこにあるものの受け取り方を我々に教える。又それがあって宮城、又その前の千代田城、江戸城が今日でも東京の中心をなすものであることが一層明かになる。

昔と今を別にどのような根拠があるのでもなくて又どういう具合にというのでもなしに切り離して考えながらどこかの店が享保何年創業という風に書いてあるのを見るとその店が由緒ありげなものに思われて来るのが普通である。併し享保何年に、或はその前からあったのでないものと言えば数える程しかなくて日光も大地も空気も人間の暮しもその前からあった。一般に昔話と称されてその部類に入れられているものの多くが我々にとって魅力があるのはその為であって我々には昔が懐しいのでなくて昔と見られている頃にもあった人間の暮しとこれを廻るものが懐しいのである。又現に進行中のことよりも一応は完了してその結論を得たことの方が我々には受け取り易い。それ故に我々に訴えるものがある話は例外なしに昔話なので昔と見られているもの、昔からあったものが入って来ない話というのは仮にその意味は解ってもそこに我々は我々自身を感じることが出来ない。

現に進行中のことよりも一聯の事柄の終りまで来たことの方が兎に角整った形をしているということがある。実際には何も終ったのでなくて終った筈のことが繰り返されるのでないまでもそれに近い具合に又始るのであってもその一区切りが整った形をしていることは或ることが起ること、或ることがあることと人間の関係に就て納得させるものがあってこれが現に進行中のことも摑み易くする。それは昔と今に就て我々に考え直させるに足りて我々に今とは違った昔という見方を否定させるのはその昔をどれだけ遡って行ってもそういう昔が認められないことである。或は少くともそこに人間がいる限りではでアルタミラ、ラスコオの洞穴の壁画は人間が書いたものである。それが人間でも人間の意識にはその後に変遷があったと曾ては考えられたものだった。併し無意識の領域まで拡る人間の意識、或は寧ろその対象である人間の精神に就て不思議なのはその働きがそれが働く毎にしか解らないことで例えば古代ギリシャの宗教が多神教だったのが後にユダヤ系のキリスト教の一神教に変ったというようなことは宗教の上から言うことであり、その古代ギリシャ、或は中世紀のヨオロッパで人間の精神が刻々にどう働いてどうあったかということはその記録を通して僅かに推測することしか我々に許されていない。ただ確かなのは人間の精神の働きが豊富なものであってそこにどれだけのことが認められてもそれがその豊富を越えるものでないことだけである。

人間の記録が残っている限りそこにはこの豊富を示す人間の精神の閃きが認められてこ

れを年代順に並べて見てもそこから得られる唯一の結論はそこにその閃きがあるということに止る。或はそのことに一切があるので人間の進化とかその精神の進化とかいうようなことは進化論を生半可に誤解した十九世紀のヨオロッパの妄想に過ぎない。僅か百万年や二百万年の間に生物学的にもどれだけの進化があり得るだろうか。併し精神、何もこれを人間のに限らなくても一般に精神というものはそれが成熟するのであってもその成熟が初めから予定されているもののようで更に成熟した精神というものはいつの時代にもその精神である。我々はミュケナイ時代の金細工が精巧であるとかクレタ島のクノッソスの壁画にある女の衣裳が近代的であるとかいうことで驚く。併しそれは近代、今日、今を人間の歴史の最後に来たものと見てのことでそうであると考えるべき根拠を我々は全く持ち合せていない。今は最後に来たものでも何かの始りでもなくてそれは昔から今だったのである。

文明と野蛮の違いというものはあって古代ギリシャの叙事詩を読んでいても眼を背けたくさせるものがある。併しホメロスの野蛮はやがてペリクレスの文明に達して文明と文明の間に優劣はないということである。これは今も昔もないということである。その野蛮に就て言うならば今、或は今の時代を人間の歴史の最後に来た特別な時代と考えるのも野蛮であることの一例であって月まで行ったとか電子計算機とかいうようなことが今を特別な時代と見る材料に使われている。或はそれがヨオロッパ経済機構でも離婚が世界的に殖えたことであってもいい。その何れも人間の精神の成熟、或は洗練に直接に少しも寄与するものでなくてただ眼を奪うと言った働きをする性格が共通に認められるだけでこれに難なく嵌る思慮の不足が野蛮である。それで未開人は飛行機が飛ぶのを見ても驚く。一体に制度や風俗は変化する必要が生じる毎に変化してこれに対して人間は人間の形をして残る。その変化が物質に及んだ所で事情は同じなのである。

昔が懐しいのでなくて既にあった時代のうちに自分がいても不思議でないものが見出されるのである。ヴァレリイがヨオロッパの近代の人間が移されても構わないものに選んだのがトラヤヌス帝治下のロオマとギリシャ末期のアレクサンドリアだっただろうか。併しそうした特定の時代でなくても人間が人間の暮しをしているのが感じられる所には常に我々もいるのでそれ故に江戸時代に取材した鷗外の史伝、或は菊池貴一郎の江戸府内絵本風俗往来のような本はその意味でも我々をそこに引き入れずにいない。その絵本風俗往来に当時の子供の遊びに就ての一項目があってその中に鬼ごっことか子を取ろ子取ろとかの一般に知られているものの他に野良犬を飼うというのがある。その頃は江戸の町に野良犬が多かったらしい。それを町のものが共同に飼っていた感じさえするが子供の遊びの方は牝の野良犬がどこかの軒下や空き地でお産をすると近所の子供達が集って来て小屋掛けを作って母親を囲い、これに競争で食べものを持って来てやって子犬が段々に育って成犬になって離れて行くまでを楽んだというのである。これにこの頃風の形容詞を冠する必要は全くない。そこではただ子供が犬の親子を取り巻いていて悦に入っていて野良犬の母親は子供達の一人が来たのを見ると尾を振ったに違いない。

人間の暮しというのはそこに持続があるということである。又それがあることが怪まれないことであって少くとも子供が育って大人になり、それがやがて年を取って死ぬことが一つの定めと考えられているのでなければ人間の暮しはない。それが昔からそうであって今もそうであることに就ても昔と今の区別はないことが一般に徹底していないようであるのが不思議である。或は一時的に今の時代にだけこの持続が無視されているのだろうか。何故そうなのかを考えるのは難しいことでなさそうで人の気を散らせること、人の気を引くことが多過ぎるから自分と向き合って持続を意識するのに或る程度の努力が必要になった為であるように思われる。併しそれは状況であって状況は本質を変えるに至らず本質に即すること以外に人間が努力するのに価するものはない。もし新聞や放送が煩《うる》さいならばこれを断つまでで人間が月まで行ったことを知らなくても我々は充分に生きて行ける。

或はそれも一つの昔話、要するに話になる。もし話になる程のことがないならばそれはそうした単なる事実であって火星に黴菌《ばいきん》がいることが解った所でただそれだけのことならばそれは専門家にしか興味があることでない。その火星が地球からどの位の距離にあるかは百科事典でも引けば解って黴菌は火星のを見なくてもどのようなものか大体の観念は地球のから得られる。それはそれで我々が子供から大人に育って年を取って死ぬことが人間の世界では繰り返されて来た。又それは繰り返しでなくて積み重ねであり、そうして人間が一人生れて死ぬ毎に新たに経験するのが人間の世界というものであってその世界とそこで人間に起ることは人間にとって尽きない興味があることであるからこれに繰り返しの定義は当て嵌らない。又この世界は言葉の世界と一つをなすものであるから言葉の世界がこれと同じ広さがあるものであることを思えばそこに遊んで同じ言葉の濫用で気が散るのに悩まされるというのは人間の言葉というものをまだ本当に知らないのである。

その言葉は昔からあって人間とともに洗練を重ねて来た。このことにも凡て話と言える程のものが昔のことが出て来る点で昔話であると見ることが許される根拠があって話も言葉で出来ていて我々はその言葉とともにその話の一応の内容以外に我々の今まで、人間というものの今までを受け取り、その話で我々が動かされるのもその今までの記憶、経験によってである。それ故に次にはその昔の観念を解体してその実質を求めるのが筋道であって或る程度の期間以上に前にあったことを昔と称するならばその昔と今を区別するのが無意味であることに気付くことが先ず必要であり、その区別を徹してそこにただ時間の経過しか認めずにいるに至ってそれが理に適ったことであることが我々の精神がそれによって得る均衡に即して明かになる。我々は昔あったことにそれがあったのが昔であるから感動するのでない。我々は昔も今も色々なことがあって又これからもあることを知っていてただこの今の瞬間よりもそれまでに経過した時間の方が遥かに長いのであるからその方に我々を動かすものが多いのは当然のことである。

併しそのことから昔はよかったという一種の気分が生じているようである。又この迷妄を今というのを何か特殊なものとするこれも一種の怠惰、思慮の不足が助長しているのであるが我々が今も昔も、我々の周囲にあることもそこに曾てあったことも同じ眼で見ているのでなくて人間も歴史も或は何だろうと価値があるものが価値を持つということはあり得ない。今日咲いている梅は梶原景季が曾て戦場に赴く途中で折って兜に差した梅と同じである。又それ故に景季はその梅の枝を兜に翳したのでそれが昔あったことで昔はよかったから風流なのでなくてそれが風流というものである証拠にその梅は兜の目庇の上で匂ったに違いない。これに似た話で一つ思い出したのがある。尤もこれは十八世紀のヨオロッパのことで梶原景季の時代と六百年の違いはあるがこういうことはその六百年が六千年であっても我々がそこから得るものに変りはない。或はそれが六万年でもと言うべきだろうか。まだロマノフ王朝下だったロシアのことであるから第一次大戦よりも後ということはないが当時の聖ペテルスブルグの冬宮で番兵の必要があるとも思えない場所に番兵を立てるのが既に何百年か前からの習慣になっていた。それが宮殿の構内にある一種の中庭で番兵を廃止する前に先ずその由来をというので誰かが文献を調べるとエカテリナ大帝の時に或る春にその年最初の菫がその中庭に芽を出したのを見てそれが踏まれたりしない為にエカテリナがそこに番兵を立てさせたのであることが解った。ロシアのような北国では春を告げる花に対する愛着が我が国よりも遥かに切実なものであることが想像される。殊にこの女帝はもとは中部ドイツの小公国の公女でそれが何かの政治上の経緯でロシア皇帝のピョトル三世の妃になったのであるから春を待つ気持は人一倍だったかも知れない。その時に春に最初に芽を出した菫は星や菫どころの話でなくなる。

エカテリナの夫のピョトル三世というのは多分に精神異常の疑いがあるひどい人間でその女達は皇帝といて生命の危険を感じると保護を求めて皇后のエカテリナの所に駈け込んで来た。まだ皇太后もいてこれが実権を握っていた。全くみじめと言う他ない境遇にエカテリナは置かれていてそれがどうにもやり切れなくなった或る日エカテリナが何だろうと自分はロシア皇后ではないかと思うと気分が一転してそのうちにピョトル三世を廃してこれを殺させた後に自分が帝位に即《つ》いてやがてエカテリナ大帝と呼ばれることになったのであるから心の持ちようというのは不思議な働き方をするものである。それは艱難辛苦という風なこととも違っていてそういうことならばただ堪えるだけの話でそのうちに堪えられなくなって負けても驚くに当らないがエカテリナはその逆境にあって確実に自分の手中にある唯一のものを掴んだのであり、その確実なものの自覚から歩を進めるのはこの場合は殆ど自然の勢だった。

昔はよかったという皮相な見方の別な一面を示すものに今は違うというこれも一種の早合点がある。或はこれも飛行機に驚異を覚える野蛮人の心理と選ぶ所はないものなので昔或る距離を行くのに掛った時間の何分の一かで今はそこまで行けるということからの聯想が人間の心の動きにもそれに似たことが起っているのではないかと疑わせることで今は違うが事実のように思われて来る。併し人間の心が、或は人間というものがどう違ったのか。それは比べて見る他ないことで歴史をどれだけ遡っても我々に人間と思えないものが人間で通っている実例は見られない。或は再びそこに認められるのが文明と野蛮の違いだけであって野蛮から始って文明に達し、その文明が亡びれば又野蛮から始めるのが人間というものの宿命のようである。今の人間は安楽な暮しに馴れ切っているというのだろうか。この初めから嘘と解っていることを仮に真に受けるとしても西暦紀元前八世紀にギリシャからの植民がイタリイにシュバリスという町を作ってこれが繁栄し、その住民の奢侈《しゃし》は類を絶してその一人が他所の町に泊りに行った翌朝よく眠れたかと家の主人に聞かれると寝床に敷いた薔薇の花弁の一枚が二つに折れてその痛みで一睡もしなかったと答えたという話がある。又これが作りごととも思えないのはこのシュバリスの町は別な町に同紀元前六世紀に亡ぼされたのであるがそれはシュバリスの町のものが騎兵隊の馬を音楽に合せて踊るように訓練していてそれを知った敵がシュバリス軍が現れると一斉に音楽を奏して馬が踊り出したのが御し切れなくなったシュバリス軍は潰走する他なかったからだった。

或はこうして手間を掛けて例を挙げなくてももし今は違うと言える程その今の人間と昔の人間が違っているならば我々が古典に親むということが説明が付かなくなる。我々は人間であってこれは昔の人間にしてはかなりの出来であると思い上る程人間であることを止めていない。寧ろ我々が人間であることを教えてくれるのが古典であってその時に本居宣長と我々を距てている二百年、モンテエニュと我々の間に流れた四百年は消える。プラトンは西暦紀元前五世紀に生れた。これは再び持続の問題であって何かが起って人間というものを別なものに変えるまでに一切が変ったと考えることが許されるならばその何かの前と後で今が違ったり違わなかったりする訳であるがそのような出来事はまだどこにも起っていない。もし起ったならばそれは極めて簡単に人間というものの滅亡であって我々が滅亡した後のことは我々の関心事でなくなる。曾てアメリカ軍が我が国に上陸して来た時にそれで一切のことが変るようなことを聞かされたのはこの上陸とそれに続く占領の性格を示す一つの笑い話に過ぎない。

確かにこれに類することは人間の間で前にも何度か説かれたことである。その中でもかなりの根拠があると思われることの一つにキリストの出現がある。又実際にキリスト教では旧約と新約の聖書が区別されていてマロリイのアァサア王物語のような中世紀のヨオロッパでは一般の読みものだったものでも古い法（old law）と新しい法（new law）が違うことがよく出て来る。その法というのが人間の本質を支配するものの意味に用いられているのであるから人間の本質がその為に変えられたと見られないこともなくて更にキリスト教がなかったならば我々が今日知っているヨオロッパの文明もなかったことは疑いの余地がない。それならば回教とアラビアの文明はということになる。或る観念が生じて一つの文明の性格を決定する。それが人間を何か別なものに変えることなのかということがそれで次に問題になって勿論この二つは違っている。寧ろそれが人間が育つとか洗練されるとか或は初めから人間というものにあった或る面を新たに知るということなので強いて言えば人間は人間に一層なって行っても別なものに変ることはない。

キリスト教、或は回教、仏教その他の宗教がこのことに寄与することは認めていい。又それが一番解り易い例かも知れなくてもし宗教というのがその種類を越えて我々にとって意味があるものならばそれが我々に人間に就て教えることにそのことが掛っていて神や涅《ね》槃《はん》や神の存在と雑草しかない荒野に就てはそれも初めから人間のうちにあったものと考えることが許される。それが却って何かの宗教の為に人間とも思えないものになっている人間が我々の周囲に見られることがあってもそれで宗教の方を責めることはない。現にキリストが我々を打つのはその言動に人間がどこまで人間であり得るかが示されているからでこれは宣教師が天井の方を指して神を信じないのですかと開き直るのと話が違っている。我々は仏像を見るだけで拈華微笑《ねんげみしょう》の意味を覚えることもあってこれも人間の世界を離れたことでない。それでその世界のことを考えていると孫悟空が觔斗雲《きんと》に乗っても遂に飛び出すことが出来なかった釈尊の掌のことが頭に浮ぶ。

更に宗教が人間に就て教えて人間の世界を開拓するものであるとしてこれは人間にとって価値があるものの凡てがそのそれぞれの程度に応じてしていることなのである。現在の一種の風潮ではそのように価値があるものに文学とか芸術とか、或は宗教とか歴史とかいう名称を与えてそれを人間と人間の暮しから切り離すことが普通に行われていてそれを怪むものもいないが風潮と言ったものに陸なものはなくて風潮であることだけで我々にはそれに背を向ける理由が充分にある。それでそういう名称を取り去るだけでそこに我々人間の世界を一つにする持続が再び生じて昔はよかったも今は違うも消えてなくなり、その上で今だけの今というのが意味をなさないものであることも解るから話と呼べる程の話が凡て昔話であることも常識の形を取る。尤もそれならば人間は後になって生れるに従ってそれだけ人間の世界も開拓されていることになるからその方が得だということも考えられる。

併しそれで知るとか開拓するとかいうことの性格を改めて取り上げる必要が起きてその対象が人間や人間の世界である場合はそれはその対象に新たに何かを付け加えることでなくてそれに一層その対象の形を取らせることに帰し、これは一人の人間がいつの時代にも一人で出来たことで又多くの人間が事実して来たことに違いないのである。又それと同じ手順に従わなくてどれだけの知識と開拓が用意されていても一人の人間がその人間になる見込はない。言わば人間の世界というのはいつも同じであってそれはどれだけの変化にも詮索にも堪えられる程度に同じであり、それまで気付かなかったことに気付くのはその人間の方なのでその限りではロオマ人が太陽の下に新しいものはないと考えたのは当っている。併し新しいものがないということは変化を拒否する意味にも取られ兼ねなくて人間の世界が常に同じであるというのは常に新しいことでもある。結局はそれは生命ということに帰するのだろうか。それが新しいということの真実の意味なので人間の世界は一貫して生きているから新しいのであってそれ故にその世界のことを語る昔話は我々にとって尽きない興味がある。

今日ならばそれが差し当り歴史ということになるのかも知れない。それが無暗《むやみ》に名称を付けたがることの厄介な所なので歴史ということでそれは今はないこと、例の歴史学というものの立場から詮索しなければ確かなことは解らないことになって人間の世界が始ってから今日までが人間の歴史をなしているということと正反対の見方が我々にまで強いられる。所が我々と同じ人間が生きていることを感じることでそこに歴史がその姿を現すので従って歴史は今日であり、それ程自明なことに眼を塞がれることを避ける意味で我々に必要なのは歴史でなくて昔話、昔からあって今も続いていることに我々の注意を惹く話なので又そういう昔話でもある歴史でなければそれは歴史学に過ぎない。トゥキュディデスが自分が書いたものを永遠の宝と呼んだのはそれが歴史だったからである。又それ故に我々はそのペロポネソス戦争の話を何度でも繰り返して読んでシャンピオンのヴィヨン伝で未知の世界を覗く思いをする。

併し何よりも我々に必要なのは人間の世界を貫く持続とその認識である。アメリカ軍が我が国を占領してそこにいる人間が一変したという説がなされたことが既に荒唐無稽を通り越してそれをなした人間の正気を疑わせるに足りる。併しそれがもし狂気だったならばその狂気に従って我が国の歴史は暗闇に包まれてそれは何も見えなくなる暗闇でもあった。これもそう決める方の勝手であって我が国の人間が昭和二十年を境に一様に頭が変になったとも思えない。その時も我が国の持続は世界の持続の一部をなしていたのでその認識が風潮というようなもので乱されるのでは人を攫《さら》って行くという意味での風潮という言葉に力を貸すことになる。その持続の認識は風潮とは別な系統のことに属するものでもし地道な暮し方をしているならばその認識も自然に身に付けるに至る。それは地道に暮すことも持続である他なくてそれが何であるかを知らずに暮して行くことは出来ない為である。

別に平穏無事に暮すのを人間が太古から今日まで世界のどこかで続けて来てそれ故にこれが一番貴いことなのだというのではない。併しこれが人間が地上で生きて行くことの尺度になることは動かせなくてこの尺度があってそうして生きて行く人間の世界に対する視点が人間に与えられて戦乱に会ってもその像は崩れない。又この尺度が人間にその形を取らせて我々がどういうことにでも人間とその世界を認める時にその周囲に騒音は止んでただ平穏に時がたって行く。それ故にクセルクセスの大軍を待つスパルタの三百の兵士はいつも通りにその長い髪を梳くことから一日を始めたので又それが曾皙の莫春者春服既成の言葉になる。これは全くどうにも逃れられないことのようである。又逃れることを望む理由もなくて何かに絶えず追われていると感じる人間もそれを感じるのはそれが止むのを望んでいるからである。こういうことを昔話、或はその意味での歴史が我々に教えてくれるのは時間の経過がそこに出て来る人間の刻々の動揺を取り去ってそのように動揺もしたその人間だけを我々に示すからだろうか。併しその人間もそうして動揺しながらそれが終った所に自分がいることを知っていた。

従ってそれが昔と言える程の昔でなくて今のことであっても少しも構わない。曾皙が孔子にその志を述べた際にはそれがその時の今だった。我々も友達と話をしていて、或はただ新聞を読んでいてさえも世界が現に取りつつある形を感じることがある。併しこれは説明が必要になることのようで我々が知っている人間の世界がいつも同じであるのは絶えずその形を取っているからであり、その動きのうちでどれがその形であるかを必ずしも目前の動きから見分けることが出来ない。どれがそれであるかを言葉でも何でもが我々に教えるのは結局はその言葉その他が呼び覚す我々が曾て知って来た人間の世界というものの記憶、或は目前のことで一時的に忘却したその印象であってここでも今は昔に繋ってその区別が余計なものになる。我々が一行の詩に動かされてその詩が作られたのが昔のことでそれに自分が動かされるのが今である時にこの昔と今に何の違いがあるのか。その詩は何れは又誰かを動かすかも知れなくてそうするとそれが未来のことになるというのではそうした過去と現在と未来の区別は無意味なものになるばかりである。併し一度あったことが過去ならば我々の現在は過去に、今は昔に満されていると見ることも許される。そうすると我々が過去に生きていることになるのだろうか。そうした妄想を妄想とも思わないのは過去を既に終ったものとすることから来ている。

後記

これは「ユリイカ」の昭和五十年九月号から今年の八月号まで連載されたものである。こういう題を付ければ昔のことは幾らでもあるから材料に困ることはないと考えて初めのうちはその位の気持で書いて行ったのであるが校正刷りを見ていて話を進めるに従って所どころでかなり深みに落ち込んだ感じがしないでもなかった。併し書いている間はそれ程とも思わなかったのであるからそうひどい出来でもないのだろうと勝手に決めて直すことを差し控えた。

昭和五十一年十月　著者

統合集約の達成域

解説　島内裕子

吉田健一の世界は広く、翻訳・評論・エッセイ・小説のそれぞれに渉っている。このような文学世界の広がりは、日本文学一千三百年の流れを見渡してみても、稀有な達成であり、そのような文学者が現代に顕現したことは、わたしたちにとって、このうえなき幸運として感謝せずにはいられないのであるが、これは偶然でもなければ奇蹟でもなく、その時代その時代の文化・文明の成熟から生み出された、ひとつの自然現象とでも言うほかはない出来事である。だから、吉田健一の先蹤となる文学者たちも、ごくわずかだが今までにもいた。

千年前に紫式部がインドの仏典、中国の『史記』や『白氏文集』、それに加えて日本の和歌と散文、つまり、記紀・『古今和歌集』・『伊勢物語』などを統合・集約して、空前の長編物語を描き切ったように。また、八百年前に藤原定家が本歌取りの技法を駆使して、それ以前の王朝時代の文化・文学の精粋をまるごと、たった三十一文字からなる和歌の世界に転生させたように。そして、西欧の文学・芸術を、明治の日本に確実に持ち帰り、日本語に翻訳・紹介して、西欧世界と日本とを繋ぐ水路を開鑿した森鷗外がいたように。その鷗外は晩年に史伝という新たなジャンルを切り拓き、江戸時代の学者たちの人生と思想を甦らせた。吉田健一が最晩年に書いた『昔話』第一章に、鷗外の史伝のことが出てくるのも、第三章に『源氏物語』や『新古今和歌集』のことが出てくるのも、深い文学的な水脈が繋がっているからであろう。

日本文学の命脈は、蓄積・集約・浸透というサイクルによって、つねに新しく生まれ変わりながら、しかも強靱な持続性が途切れることなく、今に至っている。わが国の文化の基盤は古来、文学によって形成されてきたが、ある年月を経過して蓄積が膨大になってくると、それ以前の文学を集約する文学者が不思議と出現してくる。その集約力によって、文化のエッセンスが、人々の胸に収納可能なものとして機能し始める。ところで、このような集約力の発生源がどこにあるかと言えば、それは統合力にあり、統合する力が凝結して集約力となると考えれば、この二つの言葉を切り離すことはできず、「統合集約力」という一言に熟語化することで、その現象は理解しやすくなる。

文学者における統合集約力がどのような形で発現しているかと言えば、紫式部はインドと中国と日本の文化宇宙を『源氏物語』一作に集約し、定家は測りきれない和歌の蓄積を、『小倉百人一首』に統合集約した。鷗外は晩年、史伝の創出によって、歴史と人間の総体を統合集約した。

思えば、吉田健一の四十年にわたる文学活動もまた、絶えざる統合集約の連続であった。昭和十年代の初頭から二十年代までは、フランス文学や英文学の翻訳・紹介が中心だった。これらの翻訳は、現代文学にも顕著な影響力を及ぼしていて、吉田健一が翻訳したポーやラフォルグは、たとえば中井英夫の『虚無への供物』に明確な痕跡を残している。『虚無への供物』という書名自体がヴァレリーの詩によっており、戦後文学におけるヴァレリーの受容と浸透に果たした吉田健一の役割も測り知れない。

その後、昭和四十年代半ば頃まで、吉田健一は英文学者・翻訳家・小説家・エッセイストとして、縦横無尽な文学活動を行った。英文学を論じた『英国の文学』『シェイクスピア』『英国の近代文学』は専門家の評価も高い。食べものや酒のことを中心とした『随筆酒に呑まれた頭』『舌鼓ところどころ』は、吉田健一の「味わいエッセイ」として、多くの人々に読まれた。辛辣な批評眼をユーモアにくるんだ『三文紳士』や『乞食王子』は、時事的な話題を取り上げてなお、時代を超える普遍性を帯びて、人間精神への直視が印象深い。さらには『酒宴』『残光』などの短編小説集も吉田健一にはある。これらの文学活動は多彩な文学領域を横断しつつ、一冊ごとの著作に明確なテーマが込められており、評論文学としての明晰性が際立つ。ちなみに、この時期に吉田健一が統合集約した翻訳詩集

『葡萄酒の色』は、繰り返し親しめる詞華集である。

このような文学的な達成を実現したうえで、美しい分水嶺が現れる。昭和四十五年刊行の『ヨオロツパの世紀末』である。この本によって、それ以前の、ジャンルを明示する書物から、思索の自由な進行を暗示する包括的な書物への変化が生まれた。と同時に、評論も創作も、長編のスタイルを志向するようになる。評論は、文芸誌に毎月発表して一年間で一冊とする長編連載評論が中心となり、同時に創作も、短編から長編へと大きく変化した。文学スタイルの変化は、思索の持続性が格段に緊密で強度のあるものとなったことの証しであろう。

『ヨオロツパの世紀末』以後の著作は、それまでの評論が文学中心だったのと比べて、『文明に就て』『日本に就て』『私の食物誌』『書架記』『交遊録』などという書名を見ただけでも、文学作品に限らない多彩な内容が彷彿としてくる。そして、長編小説の最後を飾る『埋れ木』の刊行後、吉田健一は最後の大変貌を遂げる。そのことは、最晩年の四年間に書かれた長編評論の題名が象徴している。

これらの『覚書』『時間』『昔話』『変化』という、一見、茫漠とした題名は、何を意味しているのか。とりわけ『覚書』と『昔話』は、そこに書かれた内容に対する予見を、読者に許さない。思索と表現の両輪を駆使して、特定のイメージを喚起する言葉によっては名づけ得ぬ自分の心を、どこまで運んで行くことができるか。著者である吉田健一にとってさえ、思いもよらぬ所に文章が及んでゆく思索行為を統合する題は、そのことだけを暗示すればよいのだという文学観の表れであろう。ちなみに、『覚書』という書名は、吉田文学の出発点であるポーの翻訳書の題名が『覚書（マルジナリア）』（昭和十年）であったこととも、遠く響き合う。

最晩年のこれらの著作は、ゆるやかな連繋を取りながら、吉田文学の達成域を明確に描き出している。これらによって近代日本が到達した地点が一望できる。しかし、近代日本とは、それ以前から地続きの日本文学の上に成り立つものであり、また、吉田健一にとっては、日本の周りに広がる世界とも人間精神は地続きであり、時間もまた、過去・現在・未来に截断されるものではなかったから、すべての時空は、言葉の綾が織りなす、継ぎ目もない天衣無縫の広がりとなる。

『昔話』は、『ユリイカ』に、昭和五十年九月号から翌年の八月号まで、十二回にわたって連載された。青土社から単行本として刊行されたのは、連載終了後まもない昭和五十一年十二月だった。『昔話』というタイトルについては、単行本の後記で、「こういう題を付ければ昔のことは幾らでもあるから材料に困ることはないと考えて初めのうちはその位の気持で書いて行った」と語っている。

つまり、吉田健一にとって、何を書くかは最初に決めるものではなく、すべては、筆の進み具合によって、おのずと次なる思索の方向性が浮上してくるものであった。そのことは『徒然草』の「徒然《つれづれ》なるままに、日暮らし硯に向かひて、心にうつりゆく由無《よしな》し事《ごと》を、そこはかとなく書き付くれば、あやしうこそ、物狂《ものぐる》ほしけれ」という、有名な序段と通底している。兼好も吉田健一も、散文生成の根源をよく見抜いていた。

一方で、『昔話』は、テーマを示さずに書き進めることによって、それ以前に自分の著作で書いたことが自由に甦ってきて、旧著の数々を本人が統合集約したとも言える。その意味で、『昔話』は吉田健一の著作の中で重要性を帯びているにもかかわらず、なぜかこれまで、ひっそりとした存在だった。

たとえば吉田健一をめぐる文学座談会などで『昔話』が注目されて、話が弾むということもなかったようであるし、文庫化もこのたびが初めてである。ちなみに、ジャンル別に著作を収めた『吉田健一集成』（平成五年～六年、全八巻別巻一、新潮社刊）にも、『昔話』は入っていない。書影という点でも、新潮日本文学アルバム69『吉田健一』のように、初期から晩年に至る書影が多数掲載されている本の中に、なぜか『昔話』は出てこない。文芸文庫から吉田健一はすでに二十冊出ているが、掲載される書影は当該作品に関連する書籍が中心となるからであろうか、やはり『昔話』の書影はない。

けれども、晩年の四冊の中でも、最も親しみ深く、吉田文学のよさがとりわけ表れているのが『昔話』であると思う。『昔話』は、吉田健一の思索と読書体験が注ぎ込んだ河口であり、広やかでゆるやかに波立つ汀に立てば、たとえ初めて吉田文学に触れたとしても、わかりやすく読み進めることができる。『昔話』には、これまで吉田健一が、みずからの著作で語ってきたことが、繰り返し書かれている。このことは『昔話』の特徴であるとともに、書き方自体はきわめてこなれているので、それ以前の著作では、内容を十分に理解できなかったことでも、『昔話』によって、格段にわかりやすく読めるのである。たとえば『昔話』の第一章に出てくるワイルドのエピソードによって、『英国の近代文学』（昭和三十四年）の冒頭に置かれたワイルド論や、かつて吉田健一が翻訳したワイルドの『芸術論』（昭和二十六年）のみならず、『ヨオロッパの世紀末』の第八章などが、読者の心のあちこちから寄り集まってきて響映し合い、明確なワイルド像を結ぶことを可能にする。

『ヨオロッパの世紀末』は、吉田健一の著作の中でも名著の誉れが高いが、『ヨオロッパの世紀末』は、いわば吉田文学の達成域を把握するための序説・序章に当たる著作であり、そこで書いたことをさらに展開し、深化させることが、その後の吉田健一の文学的な営為となった。文学論から始まって、時間論まで辿り着いた思考の曲折を経て、さらにどのような展開が、可能であるか。吉田健一はみずからの思索の深まりを確かめるかのように『昔話』を書き進めたのではないだろうか。『昔話』こそは、吉田文学の入門書であると同時に、総合的な意味での到達点として、位置づけられる本であると、わたしは思う。『昔話』という題名からは特定のイメージは払拭され、そのことが切り開いた融通無碍な広がりは、日本と西欧、古典と近代という垣根を取り払い、すべてを包括する視点から、自由に書き綴ることを可能にした。吉田文学の達成域は、『ヨオロツパの世紀末』を起点としつつ、若い頃からの、ポー、ワイルド、マラルメ、ヴァレリーなど西欧文学の読書体験を、『枕草子』や『源氏物語』と一体化させることで輝きを増す。古典から近代に至る日本文学への言及が多いことは『昔話』に顕著であり、読者であるわたしたちは、これまでの吉田健一に対する先入観の修正を余儀なくされるだろう。具体例を挙げよう。

『昔話』第五章は、冒頭に『枕草子』の一節、すなわち、清少納言が中宮定子に初出仕した頃の回想を出している。清少納言と言えば、才気煥発、宮廷貴族男性にも引けを取らぬ教養を持ち、のびのびと自由に振る舞うイメージがあるが、初出仕の頃は、さすがにまだ、内気で恥ずかしがり屋だった。その落差が大きいところから、『枕草子』全体の中でも、よく知られた段である。その段を吉田健一は、第五章の冒頭に据えた。

枕草子のどこだったか今は忘れたがそのどこかに清少納言が宮仕えをすることになってから間もない頃に少納言が仕えている女御だか何だかの若い兄弟が皆がいる所に訪ねて来て少納言が恥しがって扇で顔を隠すと綺麗な扇だと言ってそれを取り上げる所がある。

『枕草子』は異なる本文を持つ諸本があって、現代でも『枕草子』の校注書は、その底本により、段の配列や段数が異なる。けれども、清少納言の初出仕の場面は、どの系統でも、全体の四分の三くらいの所に位置する。『枕草子』は宮廷体験を描く段が多いが、それらが時系列に沿って書かれているわけではない。ただし、アーサー・ウエーリが『枕草子』を抄出して英訳した本は、ウエーリによって宮廷章段がほぼ年代順に配列し直されているところから、初出仕の段は、冒頭部分に位置している。

しかも、ウエーリは、ここに置いたことへの配慮かと思われるが、『枕草子』のこの段の原文に書かれていない言葉を補って、人物関係への理解の助けとしている。すなわち、清少納言が顔を隠していた扇を取り上げたのが、中宮定子の兄である藤原伊周《これちか》であることを、具体的に「a lad of eighteen」と書いている。だから、吉田健一が「若い兄弟」と書いているのは、ウエーリ訳の『The Pillow-Book of Sei Shōnagon』によって、この場面を印象深く心に留めたからではないだろうか。ウエーリ訳の『枕草子』を吉田健一が読んでいたことを思わせる興味深い箇所である。翻訳されて世界文学となった『枕草子』が、吉田健一によって現代日本の批評文学の中に定位されたのだ。

それにしても、この場面を捉えて、「女が扇で顔を隠すと男が綺麗な扇だと言ってそれを取り上げるというのはそこの所を読んでいるとその場面が眼に浮ぶ」、「そこに洗練があり、この洗練を我々は文明と呼ぶ他ない」と吉田健一が書いたのは、清少納言の伝記的なエピソードではなく、伊周の振る舞いに注目して、この場面に文明を見たからだった。

そのことを思えば、『昔話』は『ヨオロッパの世紀末』の変奏曲でもある。何冊もの著作を持つ文学者に親しむうちに、それらが長大な変奏曲であることが次第に理解されてくるのは、読書の楽しみであって、『ヨオロッパの世紀末』は確かに吉田健一の代表作であるが、『ヨオロッパの世紀末』によって切り開かれた道は、その後にも繋がっているのであり、その道を読者が歩むことは吉田健一の思索を体験することでもある。

『昔話』は、間断無き思索の流露によって、散文が成し遂げることのできる最高の達成域を読者に示してくれている。思索の生成とその発露が散文を散文たらしめるという根本のところを『昔話』は、如実に指し示す。テーマを論じるのではなく、自分の心に浮かび上がる数々の想念を完全に自在に統御し、生身の自分自身を散文に転化、転生させて、吉田文学は、生き続ける。

『昔話』は、吉田自身による自著の集約であり、総論であり、読者に対する親切な解説書と言ってもよいような作品である。晩年のマルクスが妻に対して優しい心を持っていたことが、今挙げた清少納言の初出仕の話と同じ『昔話』第五章に出てくるが、このエピソードは、レオポルド・シュワルツシルトが書いた評伝をかつて書評した、吉田自身の体験から浮上してきたものといってよいだろう。この書評のことは、未収録エッセイを集めた、文芸文庫『おたのしみ弁当』を参照していただければ幸いである。

初期の頃からすでに吉田健一の著作はすべて、一冊ごとに統合集約の体現であった。みずみずしい葉をそよがせて、大きく育った樹々が生い茂り、清冽な水が燦めきながら樹間を流れるような吉田健一の世界。読者は、それぞれの樹々を見上げながら、彼のさまざまな著作に触れているうちに、我知らず、おのずと心が大きく広がり、いつのまにか時空をゆるやかに旋回し、あるいは急降下して地上に降り立って歩いたり、自在な運動をする。吉田健一から受け取った、どこにでも行ける翼によって、わたしたちは本当の現実を見る目を啓かせられる。

昔話とは、ある話が遠い過去の出来事であることよりも、それが幾度となく普段の生活の中で蘇り、繰り返し話題にされる点にこそ意味があるのだろう。たとえ、その話の内容を皆がすでに知っているとしても、何度聞いても飽きることがない。だから、古典とはすべて昔話であり、そこに親しみも湧く。

吉田健一の文学世界に繰り返し出てくる話は、吉田健一にとって、幾度話しても飽きない懐かしい世界であり、その懐かしい世界の現前を保証するものが文学である。言葉によって描き出すことができないものは、人間界に無いはずである。なぜなら言葉とは人間の異名であり、昔話をすることほど、そしてその話に耳を傾けることほど、人間的な行為はないからである。

年譜

吉田健一

一九一二年（明治四五年・大正元年）

三月二七日、イタリア大使館三等書記官吉田茂（後の内閣総理大臣）の長男として東京・千駄ケ谷に生まれる。母は牧野伸顕の長女雪子。桜子、和子、正男の四人兄妹。大正七年の父の中国行きまで牧野邸で育てられる。

一九一八年（大正七年）　六歳

四月、学習院初等科に入学。父の中国山東省済南領事赴任にともない、青島に転住。

一九一九年（大正八年）　七歳

パリ講和会議全権委員牧野伸顕の随員として父が渡仏。遅れて家族とともにパリ着。翌年夏まで滞在し、深い印象を受ける。

一九二〇年（大正九年）　八歳

六月、父がイギリス大使館一等書記官として赴任するのに従い、ロンドンに転居。ストレタム・ヒルの小学校に通学。

一九二二年（大正一一年）　一〇歳

五月、父が中国天津総領事として赴任したのに従い、天津に住む。市内のイギリス人小学校に通学。

一九二六年（大正一五年・昭和元年）　一四歳

帰国し、暁星中学校二年生に編入。同級生に二世尾上松緑、桶谷繁雄がいた。

一九三〇年（昭和五年）　一八歳

三月、暁星中学校を卒業。ケンブリッジ大学留学のために渡英。受験勉強のため、シェイクスピアの『十二夜』を暗記。後に同作品はもっとも愛読した作品となった。ケンブリッジ、キングズ・カレッジに入学し、プラトン学者G・ロウェス・ディッキンソンに師事。冬休み期間中パリに遊び、ルーブル美術館に通う。この頃、ボードレール、ヴァレリイに目を開かれる。

一九三一年（昭和六年）一九歳
二月頃、文学に生きるには日本に住むべきというディッキンソンの教えに従い帰国する。世田谷区桜新町に牧野家から手配された年配の女中と居住。母の従弟伊集院清三を介して河上徹太郎、小林秀雄等を知る。

一九三五年（昭和一〇年）二三歳
六月、帰国後に入学したアテネ・フランセを卒業。一一月、ポオの『覚書（マルジナリア）』を訳述し、芝書店より刊行。

一九三六年（昭和一一年）二四歳
七月、アンドレ・シュアレスの「独裁政治と独裁者」を訳述し、『文学界』に発表。九月、ジャン・グルニエの「正統派の時代」を訳述し、『文学界』に寄稿。

一九三七年（昭和一二年）二五歳
親許を離れ世田谷区北沢に弟の正男と住み、近隣の横光利一と交友。四月、『文学界』の海外文学欄に執筆し、以後しばしば同コラムに寄稿。夏、中村光夫を知る。

一九三八年（昭和一三年）二六歳
前年につづいて『文学界』の海外文学欄に執筆。三月、アンドレ・ジイドの「日記」を翻訳し、『文学界』に寄稿。六月から七月まで、ヴァレリイの「ドガに就て」を『文学界』に訳載。

一九三九年（昭和一四年）二七歳
一月、「ラフォルグ論」を『文学界』に発表。三月から四月まで、ヴァレリイの「知性に就て」を『文学界』に訳載。八月、伊藤信吉、山本健吉、中村光夫等と『批評』を創刊し、名義上の編集・発行人となる。一〇月、前年の翻訳「ドガに就て」の続稿を「舞踏に就て」と題して『文学界』に発表。一一月、「ハックスレイに就て」を『批評』に発表。一二月、「ドガに就て」の続稿「術語について」を『批評』に訳載。

一九四〇年（昭和一五年）二八歳

一月、「ヴァレリイの詩」を『批評』に発表。二月から六月まで、「ドガに就て」を『批評』に訳載。四月から、『批評』の編集を担当する。八月から九月まで、小説「過去」を『批評』に寄稿。

一九四一年（昭和一六年）二九歳

三月から一一月にかけて、リットン・ストレーチェイの「高僧マンニング伝」を七回にわたり『批評』に訳載。五月、大島信子と結婚。六月、「近代の東洋的性格に就て」を『新潮』に発表。九月、「英国の詩に就ての一考察」を『文学界』に発表。一〇月七日、母雪子死去。一二月、ヴァレリイの「レオナルド・ダ・ヴィンチ方法序説」を『批評』に訳載。

一九四二年（昭和一七年）三〇歳

一月、ヴァレリイの「レオナルド・ダ・ヴィンチ方法序説」の続篇を五月まで三回、『批評』に訳載。「文芸時評」を『批評』に発表。二月から一二月にかけて四回にわたり、ポオの「マルジナリア」を『批評』に訳載。六月、「『近代の終焉』に関する随想」を『批評』に発表。七月、「ボオドレエルの詩」を『批評』に発表。九月一二日、長男健介生まれる。一二月、「森鷗外論」を『文学界』に発表。

一九四三年（昭和一八年）三一歳

一月、文京区小日向台町の妻の実家に移る。この頃より、国際文化振興会翻訳室に勤務。前年につづいてポオの「マルジナリア」を

『批評』に訳載。二月、「文明開化の精神」を『批評』に発表。五月、「古典に就て」を『批評』に発表。八月、牛込区払方町三四番地に転居。「英米文化の実体」を『新潮』に発表。

一九四四年（昭和一九年）　三二歳

四月、「鷗外の歴史文学㈠」を『批評』に発表。『ポオル・ヴァレリイ全集』第三巻「テスト氏・楽劇」を分担訳。一一月、戦時下の同人雑誌統合命令に従い廃刊した『批評』を『批評Ｉ』として刊行し、「鷗外の歴史文学」を発表。

一九四五年（昭和二〇年）　三三歳

三月、払方町の家が空襲で焼け、発送直前の『批評』も焼失する。一時、永田町にあった父茂の家に同居。五月、妻信子の縁故を頼り福島県河沼郡に疎開。同地で召集令状を受け、横浜海兵団に二等主計兵として入団。八月二四日、復員。一〇月二三日、長女暁子生まれる。

一九四六年（昭和二一年）　三四歳

志賀直哉の発案による『牧野伸顕回顧録』のため、春から中村光夫とともに千葉県に在住の牧野をたびたび訪れ、回想を口述筆記、これを整理し書き直したものに牧野が訂正加筆して原稿を完成し、『文藝春秋』に連載。五月、鎌倉市稲村ケ崎に転居。年末に鎌倉市二階堂に転居。この年、『新夕刊』の発刊にともない、同社の渉外部長に就任。

一九四七年（昭和二二年）　三五歳

一月、鎌倉市東御門に転居。四月、「十二夜」を『批評』シェイクスピア特輯号に発表。この年、鎌倉アカデミアで英文学を講義。

一九四八年（昭和二三年）　三六歳

二月、「ボオドレエルの近代性」を『表現』に、「中原中也論」を『文学界』に発表。三月、「古典性と近代性――『悪の華』をめぐりて1」を『批評』ボオドレエル特輯号に発表。七月、「ポオの完璧性」を『文学界』に発表。一一月、「チェーホフのリアリズム」と「感想――耕氏の作品のことなど」を『批評』に発表。

一九四九年（昭和二四年）三七歳

四月、国学院大学非常勤講師として文学概論を講じる。五月、「シェイクスピアの悲劇と喜劇」を『文芸』に発表。八月、「ロメオとジュリエット」を『表現』に発表。一〇月、「『リュシアン・ルウヴェン』について」を『批評』に発表。

一九五〇年（昭和二五年）三八歳

五月、「ハムレット」を『展望』に発表。六月、「ケンブリッジの大学生」を『文芸』に発表。七月、文芸時評「翻訳小説と翻訳者」を『人間』に発表。八月、レッドマンの「福祉国家としての現代英国」を『文藝春秋』に訳載。九月、「象牙の塔を出て」を『新潮』に発表。一〇月、「イギリスの芝――スポーツと私」を『文藝春秋』増刊号に発表。一一月、「詩について」を『展望』に発表。一二月、「ロレンスの思想」を『群像』に発表。

一九五一年（昭和二六年）三九歳

三月、「通俗文学として見たシェイクスピアのオセロ」を『群像』に、「考へる人」を『新潮』に発表。五月、「ユトオピア文学」を『人間』に発表。同月八日、D・H・ロレンス著、伊藤整訳『チャタレイ夫人の恋人』をわいせつ文書とする第一回公判が東京地裁で開廷され、公判過程において弁護側証人として出廷。八月から一一月にかけて、「寸言集」を『文藝春秋』に執筆。一〇月、エリオット著『文化とは何か』（深瀬基寛訳）の書評を『日本読書新聞』に発表。「エリザベス時代の演劇」を『演劇』に発表。一一月、「リヤ王論」を『演劇』に発表し、翌月完結。一二月、「旅の道連れは金に限るといふ小話」を『文藝春秋』増刊号に発表。同月頃から、『東京新聞』の匿名欄「大波小波」に「禿山頑太」他の筆名で寄稿を開始。

一九五二年（昭和二七年）四〇歳
三月、「クレオパトラ」を『文学界』に発表。八月、『文学界』の誌上座談会「世界文学の現状」に出席。九月、「エリオット」を『英語英米文学講座』第五巻（河出書房刊）に寄稿。一〇月から一二月にかけて、「小説月評」を『文学界』に発表。

一九五三年（昭和二八年）四一歳
一月四日、新宿区払方町三四に転居する。ブドウ・スワニィゼの「叔父スターリン」を『中央公論』に訳載。二月、『群像』の誌上座談会「言論の自由」に出席。「宰相御曹司貧窮す」を『文藝春秋』増刊号に発表。三月、「シェイクスピアの性生活」を『新潮』に発表。六月、「硝煙と軍靴の後に来るもの——大岡昇平の人と作品」を『別冊文藝春秋』に発表。八月三日、英国外務省情報部の招待で池島信平、河上徹太郎、福原麟太郎とともに渡英。一〇月、初めての講演旅行で訪れた酒田の地酒が気に入り、以後、毎年のように秋には酒田・新潟への旅行を楽しむ。一一月、「英国紳士の対日感情」を『新潮』に発表。一二月、「英国点描」を『群像』に発表。一二月、「お酒の講演旅行」を『文藝春秋』に発表。

一九五四年（昭和二九年）四二歳
一月、新宿区払方町三四の同番地内に自宅を新築し移る。小説「春の野原」を『文芸』に発表。同月から三月まで、「T・S・エリオット」を『あるびよん』に連載。三月、「宰相御曹司家を建つ」を『文藝春秋』に発表。「横光利一『書方草紙』など」を『図書新聞』に発表。五月、「このエピキュリアンを見よ」を『文学界』に、「宰相と文学」を『群像』に発表。同月から九月まで、「東西文学論」を『新潮』に連載。一一月、「吉田内閣を弁護する」を『中央公論』に発表。同月から翌年二月まで、「文士外遊史」を『文学界』に三回連載。
一九五五年（昭和三〇年）四三歳
一月、「女と社交について」を『文藝春秋』に発表。二月、小説「酒宴」を『文芸』に、「大衆文学の昇華」を『文学界』に発表。四月、小説「診断書」を『文学界』に発表（六月完結）。五月、「ハムレットに就て」を『文学界』に、「先駆者横光利一」を『文芸 横光利一読本』に発表。八月、小説「百鬼の会」を『文学界』に、「万能選手・福田恆存」を『別冊文藝春秋』に発表。九月、「ロレンスとミラー」を『知性』に発表。一二月、「女子大は撲滅すべきか」を『文藝春秋』に発表。
一九五六年（昭和三一年）四四歳
二月、「保守党の任務」を『中央公論』に発表。四月、「本当の話」を『中央公論』に発表。同月一八日から、「乞食王子」を『西日本新聞』に連載（七月二七日完結）。文学界新人賞の選考委員となる。六月、「時代を超える直哉日記」を『文学界』に寄稿。一〇月から一二月まで、「今月の問題作」を『文学界』に発表。
一九五七年（昭和三二年）四五歳
一月、「作法無作法」を『オール讀物』に連載（一二月完結）。『シェイクスピア』で第八回読売文学賞（評論伝記部門）を受賞。六月まで、『朝日新聞』の〈きのうきょう〉欄に執筆。三月、「舌鼓ところどころ」を『文藝春秋』に連載（三三年三月完結）。「甘酸っぱい味」を『熊本日日新聞』に連載（六月完結）。一〇月、「逃げる話」を『群像』に発表。一二月、『日本について』で第四回新潮社文学賞を受賞。
一九五八年（昭和三三年）四六歳
一月、「ひまつぶし」を『婦人画報』に連載（一二月完結）。六月、「日本人であることの不安について」を『文藝春秋』に発表。八月、「日本語の行方」を『群像』に発表。一〇月、大岡昇平等と季刊誌『声』を創刊し、「イエイツ――英国の近代文学1」を掲載。

一九五九年（昭和三四年）　四七歳
一月、小説「辰三の場合」と「エリオット――英国の近代文学2」を『声』に発表。三月、河上徹太郎との対談「文学・文壇・文士」が『早稲田文学』に掲載される。四月、「ロレンスとジョイス――英国の近代文学3」を『声』に発表。七月と一〇月に、「文学概論――言葉に就て」を『声』に発表。八月、「戦後の文学」を『群像』に発表。

一九六〇年（昭和三五年）　四八歳
一月、「詩に就て――文学概論3」を『声』に発表。四月、小説「流れ」と「詩に就て――文学概論4」を『声』に発表。五月、「文士の発言」を『文学界』に寄稿。六月、「交友断片」を『群像』に発表。七月、「散文に就て――文学概論5」を『声』に発表。一〇月、「翻訳論」を『声』に発表。『吉田健一著作集』が垂水書房より刊行開始（一六回刊行したところで中絶）。

一九六一年（昭和三六年）　四九歳
一月、小説「出廬」を『声』に発表。「横道に逸れた文学論」を『文学界』に連載（六月完結）。二月、「考へる人――ある時代の横光利一」を『新潮』に発表。四月、「大衆文学時評」を『読売新聞』に連載（四〇年六月完結）。六月、綺譚「生きてゐる翼竜」を『別冊文藝春秋』に発表。七月、小説「残光」を『小説中央公論』に発表。一二月、「ペンと鉛筆と毒」を『別冊文藝春秋』に発表。

一九六二年（昭和三七年）　五〇歳
三月、冒険綺譚「史上最大の怪魚」を『別冊文藝春秋』に発表。五月、「擬態について」を『中央公論』に発表。六月、「二種類の文学」を『風土』に発表。冒険綺譚「世界の珍鳥」を『別冊文藝春秋』に発表。八月、「文学の位置」を『文学界』に寄稿。一一月、小説「空蟬」を『文芸』に発表。
一九六三年（昭和三八年）五一歳
四月、中央大学文学部教授に就任し、英文学を講じる。七月、「久保田万太郎の文学」を『中央公論』に発表。八月、ニューヨーク大学での国際比較文学年次大会シンポジウム「文学史と文芸批評」に日本代表の一人として参加。
一九六四年（昭和三九年）五二歳
一月、「諷刺と笑ひ――スウィフトをめぐって」を『世界』に発表。五月、新宿区払方町三四の敷地内に現在の家を新築。一〇月、「心掛け」を『文学界』に発表。一一月、「『みやび』の伝統」を『展望』に発表。
一九六五年（昭和四〇年）五三歳
三月、「芸術論」を『文学界』に発表。五月、J・クレランドの「ファニー・ヒル」を訳述し、『文芸』に掲載。一二月、「騒音」を『文学界』に発表。
一九六六年（昭和四一年）五四歳
一月、「文学の楽しみ」を『文芸』に連載（一二月完結）。二月、「文学は道楽か」を『展望』に発表。八月、「言葉――文学の効用」を『文学界』に発表。一〇月、「批評」を『展望』に寄稿。
一九六七年（昭和四二年）五五歳
三月、「挽歌」を『文学界』に発表。四月、小説「贅沢な話」を『文芸』に発表。九月、「大デュマの美食」を『別冊文藝春秋』に発表。一〇月二〇日、父吉田茂死去。一二月、「ああ海軍百分隊」を『別冊文藝春秋』に発表。
一九六八年（昭和四三年）五六歳
二月、原書房版『吉田健一全集』が刊行開始。四月、「読書」を『文学界』に発表。七月、「余生の文学」を『季刊芸術』に寄稿。

九月、「現実と非現実の間で――『不意の声』をめぐつて」を『文学界』に発表。
一九六九年（昭和四四年）五七歳
三月、中央大学文学部教授を辞職。六月、「浪漫主義」を『学鐙』に発表。七月、「ヨオロッパの世紀末」を『ユリイカ』に連載（四五年六月完結）。九月一二日より、「英文学巡礼」を『読売新聞』に五回連載。
一九七〇年（昭和四五年）五八歳
四月、「言葉といふもの」を『季刊芸術』に発表。七月、小説「瓦礫の中」を『文芸』に発表。八月、「六会式」を『小説新潮』に、「文化の手触り――今日の日本文化の印象」を『展望』に発表。一〇月、小説「町の中」を『すばる』に、小説「人の中」を『海』に発表。一一月、『ヨオロッパの世紀末』で第二三回野間文芸賞を受賞。一二月、「金沢」を『暮しの手帖』に発表。
一九七一年（昭和四六年）五九歳
一月、小説「画廊」と「一頁時評」を『文芸』に発表。「一頁時評」は一二月まで連載。二月、『瓦礫の中』が〈野放図に知的に戦後知識人を浮き彫りにした作品〉（山本健吉評）として第二三回読売文学賞・小説賞に輝く。同月四日から、「私の食物誌」を『読売新聞』に連載（一二月二六日完結）。「文学が文学でなくなる時」を『すばる』に連載（一一月完結）。三月、小説「絵空ごと」を『文芸』に発表。四月、「ランボオの詩」を『ユリイカ』臨時増刊号に寄稿。八月、「書架記」を『中央公論』に連載（四七年九月完結）。一二月、『朝日新聞』の「文芸時評」を担当（四七年一一月まで）。
一九七二年（昭和四七年）六〇歳
三月、「探すのではなくここにあるもの」を『すばる』に発表。五月、「ヨオロッパの人間」を『新潮』に連載（四八年四月完結）。六月、『CRETA』に「時をたたせる為に」

の連載を始める。七月、「交遊録」を『ユリイカ』に連載（四八年六月完結）。九月、小説「本当のような話」を『すばる』に発表。

一九七三年（昭和四八年）　六一歳
三月、「新聞記事にならないことに就て」を『すばる』に発表。四月、「金沢」を『文芸』に発表。五月、小説「東京の昔」を『海』に連載（一一月完結）。同月五日から四回連載で「読むための栞」を『読売新聞』に掲載。九月、「或る国語に就て」を『学鐙』に、「本が語ってくれること」を『すばる』に発表。

一九七四年（昭和四九年）　六二歳
一月、連作小説「旅の時間」をほぼ隔月連載で『文芸』に発表（五〇年五月完結）。同月九日から、『読売新聞』の〈東風西風〉欄を担当（六月二六日まで）。六月、小説「埋れ木」を『すばる』に発表。七月、小説「沼の記憶」を『海』に、「自由について」を『中央公論』に発表。

一九七五年（昭和五〇年）　六三歳
一月、小説「山野」を『海』に発表。「時間」を『新潮』に連載（一二月完結）。四月、「何も言ふことがないこと」を『文芸展望』に、「P・G・ウッドハウス」を『学鐙』に寄稿。五月、「旅の時間——京都」を『文芸』に発表。六月、『文芸』の「読書鼎談」に出席（高井有一・藤枝静男と）。同月四日、英国旅行に出発し、七月一三日に帰国。九月、「昔話」を『ユリイカ』に連載（五一年八月完結）。一二月、「思ひ出すままに」を『すばる』に連載（五一年一二月完結）。

一九七六年（昭和五一年）　六四歳
一月、小説「木枯し」を『文芸』に発表。同月、連作小説「怪奇な話」を『海』にほぼ隔月連載（五二年六月完結）。五月、「わが博物記」を『ちくま』に三回連載。八月、小説「一人旅」を『文芸』に発表。九月、「変化」を『ユリイカ』に連載（五二年六月完結）。

一九七七年（昭和五二年）　六五歳

一月、小説「町並」を『文芸』に発表。二月、「読む領分」を『新潮』に連載（八月まで）。五月二五日、英国旅行に出発。ロンドン滞在中に風邪をひき、軽い肺炎症状を起こす。六月二五日、空路パリ入りし、留学中の長女暁子に会う。体調不良を押して帰国。七月一四日、築地聖路加国際病院に入院し、二三日、退院。八月三日午後六時、肺炎のため新宿区払方町三四の自宅で逝去。石川淳は〈英語のできる人は多いが彼のは英国文明を理解し、英国人そのものになり切ったような英語であった。なんとも残念だ。〉とその死を惜しんだ。同月四日、近親者、友人のみで仏式の通夜を自宅で行う。五日、密葬。一〇月、小説「桜の木」が絶筆として『すばる』第三二号に掲載された。

現在、吉田健一は横浜市久保山墓地の吉田家の墓所に眠る。

（藤本寿彦　編）

本書は『昔話』（一九七六年一一月、青土社刊）を底本として、適宜『吉田健一著作集　第二十七巻』（一九八〇年一一月、集英社刊）を参照しました。表記は新漢字新かな遣いで統一し、ふりがなを適宜加えました。また底本中の表現で、今日から見れば不適切と思われるものもありますが、作品の時代背景、文学的価値等を考え、著者が故人でもあるためそのままとしました。よろしくご理解のほどお願いいたします。

昔話《むかしばなし》

吉《よし》田《だ》健《けん》一《いち》

二〇一七年二月九日第一刷発行

発行者――鈴木 哲

発行所――株式会社 講談社

東京都文京区音羽2・12・21 〒112-8001

電話 編集(03)5395・3513

販売(03)5395・5817

業務(03)5395・3615

デザイン――菊地信義

印刷――豊国印刷株式会社

製本――株式会社国宝社

本文データ制作――講談社デジタル製作

定価はカバーに表示してあります。

講談社文芸文庫

ISBN978-4-06-290338-7

講談社文芸文庫

三木 卓
K
詩への志を抱く者同士として出会い、結婚したK。幼い娘と繭のなかのように暮らし、詩作や学問に傾注していった彼女の孤高の魂を丁寧に描き出した正真の私小説。
解説=永田和宏、年譜=若杉美智子
みE4
978-4-06-290337-0

吉田健一
昔話
ホメロスからワイルド、清少納言に鷗外まで。古今東西を渉猟し、深い教養と洞察力で世界を読み解く最晩年の文明批評。吉田文学の最高の入門書にして、到達点。
解説=島内裕子、年譜=藤本寿彦
よD21
978-4-06-290338-7

モーム 行方昭夫 訳
聖火
第一次大戦後の英国上流家庭で起きた青年の死の謎を巡り、推理小説仕立てで進む問題劇。二十世紀随一の物語作者が渾身の力を注ぎ、今も英国で上演される名戯曲。
解説=行方昭夫、年譜=行方昭夫
モB1
978-4-06-290330-1